わるじい義剣帖（三）

うらめしや

風野真知雄

JN019639

双葉文庫

目次

わるじい義剣帖（三）

うらめしや

第一章　茶盆玉の悪事

一

「ねえねえ、雨宮《あまみや》さん」

「はい？」

「お宅で起きた人殺しだけど、まあだ解決できないのぉ？」

家の前の通りで、買い物から帰って来た珠子《たまこ》が近所の女に声をかけられたらしい。その声音たるや、大きいだけでなく、マムシ並みの毒を含んでいる。

愛坂桃太郎《あいさかももたろう》は、自室で横になりながら、その声を聞いた。隣では、預かっていた孫の桃子《ももこ》が、遊び疲れて、ひなたの仔猫みたいに気持ち良さそうに眠っている。

「申し訳ありません。主人は一生懸命調べてはいるのですが」

「それはわかるの。でも、ほら、うちも同じように貸家を持ってるでしょ。近ごろ、店子《たなこ》に嫌みを言われるのよ。八丁堀《はっちょうぼり》に住んでいると安心だと思ったから、多少高い家賃を払ってきたんですけどねえとか」

どんな女が言っているのかと、桃太郎はそっと立ち上がり、窓からのぞいてみた。なかなかきれいな顔立ちをした女である。歳も珠子と同じくらい。もしかしたら、珠子がここに来るまでは、八丁堀でもいちばんの美人とか言われていたのではないか。だが、いまの顔には、悔しさと悪意がにじみ出ている。

「そうですよね」

「これで数日で下手人が捕まったとかいうなら、さすがに八丁堀ってことになるんでしょうけどねえ。もうずいぶん経つわよねえ」

女の言い回しも、いかにもしつこい。

その人殺しが起きたのは、いまから半月ほど前である。

まさに桃太郎がいまいるこの部屋で、女浮世絵師の一桜斎貞女《いちおうさいていじょ》ことお貞《さだ》が、胸を刺されて死んでいた。まだ二十三の、将来を嘱望《しょくぼう》された、売れっ子になりたての絵師だった。

しかも、家の戸口には心張棒《しんばりぼう》がかけられ、誰も入れないようになっていた。いったい下手人はどこに消えたのか？

そんな酷くて不思議な人殺しのあった家には、もう誰も住もうとはしない。棟つづきの隣の店子まで、気味が悪いと逃げ出してしまった。

珠子が子連れで嫁に来た町方の同心である雨宮の給金など知れたもので、敷地内に建てた貸家の収入がなければ、可愛い孫の桃子の暮らしだってたちまち逼迫《ひっぱく》する。

かくして、桃太郎は孫の窮地を救うため、加えていつもそばにいられるのも嬉しくて、この人殺しのあった家に引っ越して来たのだった。やはり空き家になった隣家には、盟友の朝比奈留三郎《あさひなとめさぶろう》が越してくるというおまけつきである。

「ほんとに申し訳ありません。なんか、よそでも似たような人殺しがあって、そっちの調べも担当してますもので」

珠子は恐縮して、詫《わ》びを繰り返している。もともと売れっ子芸者で男まさりだった珠子は、内心ではかなりムカカしているはずである。

窓から顔を出して、

「珠子。そんなに謝らなくていいのだ」

と、言ってやりたいが、桃子の将来を考えると、余計な軋轢《あつれき》はつくるべきではない。
ちなみに、似たような人殺しというのは、三日ほど前に、駿河台《するがだい》下の一軒家に
住んでいたおぎんという女が、胸を一突きされて殺された件である。
おぎんは、桃太郎とは旧知の間柄で、妾《めかけ》奉公をしていたが、最近、旦那を事
故で亡くしたばかりだった。そのおぎんは、なんだか桃太郎を頼りにしているみ
たいだったし、桃太郎のほうもまんざらではなくて、ふたりのあいだは旦那とお
妾という関係に発展するかと思っていた矢先に、何者かに殺されてしまった。
おぎんは偶然にも、殺されたお貞とは友だち同士だとわかったばかりで、なに
か手がかりのような話も聞けるのではないかと思っていたときでもあった。
おぎんが殺される三日ほど前に、客があるからと言っていたので、上がらずに
帰ったことがあったが、もしかすると、その客に桃太郎のことを話し、そのため
に殺されたということはないだろうか。
「殺されたお貞ちゃんの家に住んでいる元お目付が……」
というようなことを話したため、殺されてしまったなんてことは……。
どうも、おぎんのことではなまじ気持ちが通うところがあったというか、あわ

よくば妾にという涎《よだれ》たらたらの下心があったため、桃太郎はどうしても、あれこれと考え過ぎてしまうのである。

「そうですってね。雨宮さん、あんなにおっとりした人柄なのに、二件も殺しの調べを担当して大丈夫なのかって、うちの主人も心配してるんですよ」

この言い方も、かなり嫌みっぽい。

「ご心配おかけします」

「あなたも大変ね。八丁堀にお嫁に来て早々に、とんでもないことが起きちゃって」

「いいえ。あたしのことなんかより、人殺しの解決が先ですから」

「まあご立派な心掛けだこと。頑張ってね」

女はそう言って、ようやく帰って行った。

「おい、珠子、大変だったな」

と、桃太郎は窓から声をかけた。

「あら、おじじさま、聞いてらしたんですか」

「あれだけ大きな声で話せば、耳がなくても聞こえるぞ。よほど怒鳴りつけてやろうかと思ったのだが、桃子がここに居にくくなったりするとまずいのでな」

「はい。そんなことはなさらずに。あたしは、別に平気ですから」

「いまの女も女武会に入っているのか?」

女武会というのは、町方の与力や同心の奥方や新造がつくっている武術の稽古の会で、七割近い女が入会しているらしい。もっとも、どんな会でもそうだが、熱心なのはせいぜい三割ほどで、あとは付き合いでしょうがなくとか、暇だからとか、その程度のものなのだ。

「たぶん入っていると思いますが、でも、幹部ではないと思いますよ」

桃太郎の見たところ、とくに女武会の幹部の、珠子への風当たりが厳しい。おそらく珠子が女武会に入ろうとしないのも気に入らないのだろう。

「まあ、ここは雨宮に頑張ってもらうしかないな」

「そうなのですが」

奉行所の会議でも、お貞殺しとおぎん殺しは、つながりがあるという意見が多かったらしい。それでも、人員の増加は難しいので、雨宮は定町回《じょうまちまわ》りのほうはひとまず代理に変わってもらい、この二件の殺しを解決することに全力を傾けよということになったらしい。だが雨宮は、二件の殺しの解決には自信がないようで、昨日の夜は、

「もう定町回りにはもどれないかもしれません」

と、こぼしていた。

「まったく女武会などというのは、ろくなもんじゃないな」

「ですよね」

と、珠子はあたりをはばかるように、苦笑してうなずいた。

「そんなものを駿河台でつくるなどという話が持ち上がったら、わしは断固反対するがな。ここじゃ、反対する者はおらんのかね？」

「いないことはないみたいですが、やっぱり力のある人には逆らえないみたいですよ」

「ふん」

力のある人というのは、与力の高村《たかむら》の奥方と、その子分のようになっている同心の音田《おとだ》の新造のことだろう。

その二人については、桃太郎もいま、大きな疑念を持っているのだ。

つい昨日のことである。

桃太郎が駿河台下にあるおぎんの家のようすを窺いに行ったところ、高村の奥方と音田の新造が、町役人《ちょうやくにん》の案内で封印されているおぎんの家のなかに入るところを目撃してしまったのだ。

あのときは、見つかるとまずいので、逃げるように帰って来てしまったが、なぜ、あいつらがおぎんの家に入って行ったのか、いくら考えてもわけがわからない。

おぎんと、八丁堀の女たちと、いったいどういう関係があるのか。あやつらの思惑は、ぜひ確かめたい。

「そうだ。ちと、出かけて来よう」

桃太郎は、いまからそれを確かめてみることにした。

二

桃太郎は、駿河台下の三河町《みかわちよう》にある番屋にやって来た。

「わしは駿河台の上に住んでいる愛坂という者だがな」

番太郎は裏にある火の見櫓《やぐら》の修理をしているところで、番屋のなかには四十くらいの、暢気《のんき》そうな顔をした町役人がいるきりだった。女武会の二人をおぎんの家に案内していたのも、この男だったはずである。

「愛坂さまとおっしゃいますと、元お目付の？」

と、町役人は訊《き》いてきた。

「ああ、なぜ知っておる」

「そば屋のやぶ平《へい》や、植木屋の梅勘《うめかん》からも話を聞いてました」

「そうか」

知っていてもらったほうが都合がいいかもしれない。

「じつはな、昨日、ここを通ったときに、八丁堀の新造たちが、そなたの案内で、殺されたおぎんの家に入って行くのを見たのさ」

「ああ、はい」

「あれは、どういうことだ？」

「なんでも、あの方たちは骨董《こっとう》の会とやらで、面識があったらしいんです」

「そうなのか」

奇声を上げて薙刀《なぎなた》を振り回す傍らで、辛気臭い骨董道楽など持っているとは、つくづく変な女たちである。

「それで、これはないしょだけどとおっしゃってましたが、担当の同心さまがちょっと頼りないのだそうです」

「……」

あいつらも、そういうことを言って回るというのは、じつにけしからんではないか。町方の権威に関わるはずである。

だが、そう思うのも、確かにどうしようもない。

「その担当の同心さまは、雨宮さまとおっしゃるんですがね」

そう言って、町役人はプッと噴《ふ》いた。

「これがまた、ほんとにそうでしてね」

「……」

桃太郎もさすがにいっしょになって笑う気にはなれない。なにせ雨宮は、いまでは桃子の父親なのである。

「いや、まあ、それはここだけの話ですが、それで、あの方たちも女ゆえに探ることができるものがあるはずなので、そこを探って、調べに協力しようと思っているとのことでした」

「ふうむ」

それはきれいごとで、もし下手人がわかったら、雨宮ではなく、自分たちの手柄にするに決まっている。それで、雨宮ばかりか、珠子の鼻まで明かしたつもりになるのだ。

「まあ、そこまで言われてしまいますと、あたしも家のなかを見せるくらいならいいかと思いまして。あ、もちろん、大事な証拠ですから、触ったりはしないようお願いしましたし、あたしもしっかり監視していました」

「そうか。だったら、わしにも見せてくれ」

と、桃太郎は言った。いままでは、あまり出しゃばるのはやめようと思っていたが、雨宮が女武会に出し抜かれたりしたら、将来、桃子の沽券《こけん》に関わるのである。こうなったら、できるだけ多くの手がかりが得たい。

「え、愛坂さまも？」

「わしは元目付だぞ。そういう調べに関しては本職だった」

「それはもう」

「しかも、殺されたおぎんも以前からの知り合いだった」

「そうだったので？」

「この駿河台界隈《かいわい》の治安を守るためにも、ぜひ見ておきたい」

と、葵《あおい》の御紋が入ったような大義名分を持ち出し、有無を言わさぬ口調で言った。

「わかりました。では、どうぞ」

町役人は桃太郎といっしょに、おぎんの家に来ると、玄関に貼ってあった封印を破り、

「どうぞ、どうぞ」

まるで自分の家になったような調子で言った。

「ふうむ。なるほど」

家のなかは、おぎんが生きていたときと変わらない。おぎんが倒れていたところも、出血がさほどひどくなかったせいもあるのか、血の跡もさほど残っていなかった。

「それで、女どもはどのあたりを見て行ったのだ?」

「そこに飾ってある泥人形みたいなものは、眺めてましたな」

「なるほど」

「それと、刀とかはないかと探しているようでした」

「刀を?」

「ええ。それをずいぶん気になさってまして」

「二階にも上がったのだろう?」

「はい。行きました」

町役人は桃太郎を先に行かせて、自分もあとから二階に上がって来た。

二階は、寝間にしている六畳間があるだけで、ここも以前見せてもらったときとなにも変わっていない。二曲一双《にきよくいつそう》の軍鶏《しやも》を描いた屏風《びようぶ》が飾られている。

「あの方たちは、ここにもお目当てのものはなかったみたいで、すぐに降りて行きました」

「そうか」

「それにしても、この屏風絵は薄気味悪いですね」

「これが薄気味悪いか。これは伊藤《いとう》ひやくしょうという名の絵師が描いた傑作だぞ。京都では、有名な寺院の襖絵《ふすまえ》なども描く絵師だ」

「そうなので。さすがに愛坂さまはお目が高いですね」

「それほどでもないがな。では、結局、刀はなかったのか？」

「いえ。それがあったんです」

「どこに？」

「下の階に」

町役人は、一階に降りると、

「これがその刀なんだそうです」

「これが？」

長さが三尺ほどの、錆《さ》びて塩でも吹いたようなものが棚に置いてある。

「腐った卒塔婆《そとば》じゃないのか？」

「刀に見えないですよね。あの方たちも、ようやく気がついたみたいで、これがそうなのかと、がっかりなさってました。どうやら大昔の刀で、すっかり錆びついてしまったそうで、当然、使いものにもならないそうです」

「そういうことか」

桃太郎もがっかりした。

と、そこへ、

「どうしたのだ。表の封印した紙がはがされておるぞ」

と声がして、入って来たのは、噂の雨宮五十郎《ごじゅうろう》だった。岡っ引きの又蔵《またぞう》と中間《ちゅうげん》の鎌一《かまいち》も連れて来ている。

雨宮は桃太郎を見て、

「これは、おじじさま」

と、笑いかけた。珠子が嫁に来てから、雨宮まで桃太郎をそう呼んだりする。

「うむ。ちと気がかりなことがあったのでな。入れてもらったのさ」

「ああ、どうぞ、遠慮なく」

雨宮まで自分の家みたいなことを言った。

「愛坂さま。いま、おじじさまと……？」

町役人が不思議そうな顔をした。

「うむ。わしの娘の連れ合いでな」

むろん、珠子と血のつながりはないが、そういうことにした。

「えっ」

町役人は、さっき雨宮のことをマヌケ扱いしたものだから、顔が強張《こわば》っている。

桃太郎はそっとそばに寄り、小声で言った。

「大丈夫だ。黙っていてやる」

八丁堀の借家にもどると、朝比奈が庭に出て、剣術の稽古に励んでいた。

しばらく黙って見ていたが、顔色もいいし、身体もちゃんと動いている。

「留。あんた、病人には見えないぞ」

と、桃太郎は声をかけた。

「うむ、わしもときどきそう思うよ」

朝比奈はそう言って、手ぬぐいで汗をぬぐった。

「むしろ、やり過ぎではないのか？」

「だがな、さっきも横沢慈庵《よこざわじあん》が立ち寄ってくれて、話を聞いたのだが、どんな病でも、筋肉がしっかりついている者と、筋肉がない者とでは、あらゆる病にかかったとき、治り具合も、病の進み具合もまったく違うのだそうだ」

「ほう」

「だから、魚や豆腐をしっかり食べて、身体を動かすことは、薬といっしょらしいぞ」

「なるほどな」

やはり横沢慈庵というのは、名医なのだと、桃太郎も納得する。

「ところで、いま、おぎんの家を見てきたのだがな」

「おう、どうだった？」

朝比奈が桃太郎より先に、おぎんが殺されているのを見つけたのだ。なぜ、桃太郎より先に見つけたかというと、なにやら二人のあいだが怪しくなってきたので、朝比奈は愛坂家に混乱が生じるのを心配し、おぎんに釘を刺しておくつもりで訪ねて行ったのだった。それは、朝比奈なりの親切心なのだと、桃太郎も怒るつもりはない。

「じつはな……」

と、女武会のことを語った。

「ははあ。先に下手人を見つけ、雨宮や珠子にでかい顔をしようというのか？」

朝比奈は呆《あき》れて言った。

「おそらくな」

「まったく生意気な女どもが！　桃は雨宮の義父になるから、直接そやつらと喧《けん》嘩《か》したくはないだろうが、わしはなんの関わりもない。出しゃばったことをするのではないと、叱《しか》りつけてやろうか？」

「いやいや。そういうことをすると、おぬしの身分がばれてしまい、挙句《あげく》には、わしの身分までが明らかになってしまう。それはまずいのだ。じゃあ、桃子の父親は誰だというところまで勘繰《かんぐ》られたりするからな。おなごが勘繰り始めると、ケツの毛まで数えられるぞ」

「そうかあ」

「ただ、あの女どもがわきから余計なところまで鼻を突っ込んで、ものごとを混乱させられると困るよな。下手人は安心させとくに限るからな」

「そうだよ」

「しかも、わしは女武会の連中も疑っているのさ」

「え、どういうことだ？」

「あのなかに下手人がいて、逆にもみ消しに動くといったこともあり得るぞ」

「なるほど。そういえば、そんなことがあったな」

「あっただろう」

二人がまだ現役の目付だったころ、悪徳旗本が集まって詐欺をおこなったとき、調べに協力すると言ってきた者が、その詐欺仲間の一員だったのだ。

「まったく、人間というのはわからぬものだからな」

「そうなのさ」

これは、長い目付暮らしのなかで、二人が学んだ教訓の一つだった。あらゆる人間は、疑う資格があると。

三

するとそこへ、

「玉屋《たまや》ぁ〜、ええ玉屋ぁ〜」

茶盆玉《さぼんだま》売りの声が聞こえてきた。すぐ前の通りを、こっちに近づいて来ているらしい。

茶盆とは、シャボンのことである。ただし、このころは南蛮渡来《なんばんとらい》のシャボンは、まだまだ庶民には行き渡っていない。

つまり、茶盆はシャボンのニセモノである。

では、なにを原料にしていたかというと、「さぼん」と呼ばれる外来植物の粉を溶いたものだったらしい。

よく通る、いい声を聞きながら、

「そういえば、桃子はまだ茶盆玉で遊んだことがなかったな」

と、桃太郎は言った。

「そうなのか？」

「うむ。少なくともわしは、茶盆玉をさせた覚えはないな」

「子どもは茶盆玉を見せると喜ぶぞ」

「だろうな」

桃太郎は桃子に買ってやることにして、表に出ると、

「おい、茶盆水をくれ」

と、声をかけた。

「へい。ありがとうございます。三文いただきます」

「うむ」

銭をやると、桃太郎が持参した茶碗に、ぶら下げていた大どっくりから茶盆水を入れ、藁《わら》の茎《くき》を切ったものをつけてくれた。

「売れるかい?」

「まあ、よく買ってもらっていますが、なんせ三文ですからねえ」

一日に三十人の子どもに売れても、わずか九十文にしかならないのだ。決して割りのいい商売ではない。

「じゃあ、ありがとうございました」

茶盆玉売りはそう言って、坂本町《さかもとちょう》のほうへ歩いて行った。

空を見上げるとよく晴れていて、茶盆玉日和である。

「さあ、やろうか、桃子」

桃子は飲みものだと思ったらしく、

「んまんま」

と、手を出してきた。

「違う、違う。これはんまんまじゃない。こうするんだ」

軽く吹いて、できるだけ大きな玉にする。玉は、ふわふわと揺れながら、膨らんだ。光を弾いて虹色に輝いている。

「わあ」

と、桃子の顔も輝いた。だが、桃子の顔くらいの大きさになると、パチンと弾けて消えた。水しぶきが顔にかかったらしく、

「きゃはっ」

桃子は目を丸くする。

「どうだ、桃子、面白いだろう」

「もっと」

「ああ、いくらでもつくってやるぞ」

今度はある程度の大きさになったところで、藁の茎を軽く振った。すると、茶盆玉は藁から離れ、ふわふわと宙を漂った。

「きれいなものじゃのう」

大人が見てもきれいだし、面白い。

それを桃子が追いかけるようすも、じつに可愛らしい。

「お、そうだ。ちょっと、待て、桃子」

桃太郎は雨宮家のほうに行き、珠子に砂糖を少しもらって、これを茶盆玉の液に混ぜ、かき回した。

「どうするんですか？」

珠子が不思議そうに訊いた。

「こうすると、茶盆玉に粘りが出て、割れにくくなるのさ」

「そうなんですか」

「あ、それとボロになったウチワがあるといいのだが」

「火を熾《おこ》すときに使ってるのが、もう貼り替えようと思っているくらいですが」

「うん。それでいい。それを水に浸《ひた》して、軽石でこすり、骨だけにしてくれ」

珠子は急いでそれをしてくれながら、

「いったい、なにをなさるんですか？」

興味が湧いたらしい。

「まあ、見てるといい」

骨だけのウチワができるのを待つあいだ、桃太郎は自分の住まいのほうから、いちばん大きな皿を持ち出してきた。

「なんだ、桃。あれをやるのか」

と、それまで黙って見ていた朝比奈が笑った。

「久しぶりにな」

桃太郎は、珠子が持ってきた骨だけになったウチワを、皿のなかの茶盆玉の液に軸のところまで浸すと、さあっと大きく振った。すると、そこにたくさんの茶盆玉が出現した。

「わあ」

桃子だけでなく、珠子も驚いた。

無数の茶盆玉が、突如として湧いて出たように、宙を飛び回った。しかも、陽に照らされ、キラキラと輝いている。それはなかなか弾けない。

「きれい」

「ちれい」

桃子は興奮して、跳ね回る。

「おじさま。どうしてこんなに茶盆玉が上手なのですか？」

珠子が訊くと、桃太郎と朝比奈は、顔を見合わせて笑った。

「あっはっは、じつは、わしらは若いころ、これで剣術の稽古をしたのさ。なあ、留」

「ああ、ずいぶんやったなあ」

こうして無数の茶盆玉を宙に飛ばし、それらをぜんぶ、刀で斬って消してしまうという稽古をしていたのだ。漂う茶盆玉を正確に斬っていくというのは、瞬時の判断や瞬発力がいる。遊びのような面白さもあるので、一時期、ずいぶん熱中したものだった。

「どっちが思いついたのだっけなあ」

「こんなこと思いつくのは、桃に決まってるだろうが」

「そうだったっけ」

この遊びの欠点は、一つずつつくるのと違って、たちまち液がなくなってしまうことである。これも、五、六回やると、液がなくなった。

それでも、この派手な遊びは、桃子をずいぶん喜ばせたようだった。

四

ちょうど液が無くなったころである。

坂本町のほうから、四十くらいの町人の女が駆けて来て、

「こ、このあたりに、紺絣《こんがすり》の着物を着た四歳くらいの男の子は来ませんでしたか？」

慌てたようすで訊いた。

「いや、見ておらぬ。どうかしたのか？」

桃太郎が訊き返した。

「おそらく茶盆玉売りの声を聞いたからだと思うんですが、家から出て行って、そのままどこに行ったかわからないんです」

「茶盆玉売りなら、そっちに行ったぞ」

「ええ。でも、茶盆玉売りの周りにはいないんです。もしかしたら、さらわれたのかも」

「わかった。探すのを手伝おう。名はなんというのだ？」

「京太《きようた》です」

「ほかに特徴は？」

「右の首のところに赤い痣《あざ》が」

「見つけたらどうすればいい？」

「坂本町の番屋はご存じですか？」

「うむ。知っている」

「そちらに連れて来ていただければ」

「わかった」

「桃。わしも手伝おう」

と、朝比奈も協力を申し出た。

他人の子を捜して、桃子がいなくなったら大変なので、桃子は珠子にしっかり見ていてもらうことにして、桃太郎と朝比奈は紺絣の着物を着た四歳くらいの男の子を捜して回った。

路地を二人で並行するように見て行く。目付時代に、隠れた悪党を捜したときの要領である。

そこへちょうど、岡っ引きの又蔵がやって来たので、

「おい、人捜しだ」

と、子どもの特徴を伝えた。

坂本町では見つからず、南茅場町《みなみかやばちょう》のほうに足を伸ばそうとしたとき、

「京太がいたぞぉ！」

という声がした。

「どこだ、どこだ？」

「番屋に入ったみたいです」

桃太郎たちも、ついようすを見に行った。

なるほどさっきの女が、小さな男の子の肩を抱いて、番屋の連中に頭を下げていた。

「よかったな、見つかって」

と、桃太郎は声をかけた。

「あ、お武家さま方も、ご協力、ありがとうございました。さらわれたんじゃなくてよかったです」

「迷ったのか？」

「いえ。どこかの知らないおばちゃんが、玩具《おもちゃ》やお菓子をくれるというので、ついて行ったんだそうです」

「どこまで？」

「そっちの川で、しばらく魚を見てただけみたいですが」

「そのおばちゃんというのは？」

「いなくなっていました」

「ふうむ」

「ほら、京太、皆さんに、お詫《わ》びなさい」

母親にそう言われると、京太は、周囲をくるくる回りながら、

「はい、ごめんよ。はい、ごめんよ」

と、おどけた顔で詫びて回った。ほとんど、猿回しの猿である。いかにもこざかしそうで、可愛げはまるでない。

桃太郎は内心、

——これをさらうのがいるか？

と、呆れたが、さすがにそういうことは言えない。

「でも、近ごろ、茶盆玉売りが現われると、子どもがいなくなるという騒ぎがし

ばしば起きているから、気をつけたほうがいいぜ」

と、岡っ引きの又蔵が言った。

「そうなのか？」

桃太郎は思わず訊いた。

「ええ。茶盆玉の面白さを知った子どもが、茶盆玉売りを捜して、あとをついて行っちゃうんですかね。それで、子ども好きのやつに声をかけられたりするんでしょう」

「そりゃあ、いかんな」

桃太郎は背筋が寒くなった。

もしも桃子がいなくなったりしたら、とても正気ではいられない。ましてや桃子は、人並外れて可愛い顔をしているし、まさか親が町方の同心風情とは思えないくらい、気品がある。大名家の娘と見間違えられるかもしれない。

この京太だから、その女も連れて行かなかっただけで、桃子だったらそのまま連れて行ったかもしれないではないか。

「茶盆玉などやってみせなければよかったたな」

桃太郎は顔をしかめた。

「でも、そのままいなくなっちまったことはなくて、必ず見つかっているみたいですが」

「そうなのか」

少しホッとした。

それでも、見つかるまで、親はどんなに心配したことだろう。

五

夕方になって——。

桃太郎が部屋に寝転がって、馬鹿馬鹿しい戯作《げさく》を読みながらへらへら笑っていると、

「あのう、おじじさま」

と、玄関のほうから珠子が顔を出した。いつもは窓から気軽に声をかけてくるのに、珍しく遠慮がちな顔をしている。

「おう、どうした？」

「じつは、高村さまの奥様と、音田さまのご新造さまが、人殺しのあった家を検

分させてもらえないかとおっしゃってまして。もちろん、いまはおじじさまのお住まいですから、お嫌ならお断わりしますが」

　はははあと思ったが、

「ああ、かまわんよ」

　と、許可した。いったいどんな調べをするのか、お手並みを拝見したい。

「どうも、桃子ちゃんのおじじさま」

「すみませんね」

　入って来たのは、例の高村と音田のほか、もう一人、これは若く、

「浜野《はまの》といいます」

　と、名乗った。

「浜野さんのご新造は、薙刀だけでなく、一刀流も免許皆伝なんですよ」

　高村が自慢げに紹介した。

「ほう、それはそれは」

　なるほど、身体の動きはきびきびしている。

「わしのことは気にせず、勝手にどこでも見てくれてかまわぬよ。わしは、戯作のつづきを読ませてもらうのでな」

桃太郎は、ふたたび横になった。

「畏れ入ります。では、遠慮なく見させていただきますね」

それから女三人は、ごしょごしょ話しながら、家じゅうを見て回った。

「ここで倒れていたらしいですね」

「悲鳴も聞こえなかったって」

「しかも心張棒がかかっていたというのでしょう」

「それはほんとに不思議よね」

「でも、心張棒なんかどうにでもなりますよ」

浜野の新造が言った。

「あら、そう？」

「紐かなにかで引っかけるようにして、外から掛けたらそれを抜けばいいんです」

「なるほど」

「さすがに浜野ね」

高村の奥方と音田の新造はしきりに感心した。二人の信頼は絶大らしい。

このやりとりに、

――口で言うのはかんたんだが、いざやると、そううまくはいかないのさ。

と思ったが、口は挟まず、黙って聞いていた。

「二階もよろしいですか？」

「かまわんよ。布団が敷きっぱなしだが、気にせんでくれ」

「ええ、お構いなく」

たいした図々《ずうずう》しさである。

来るとわかっていたら、尿瓶《しびん》の中身も捨てずにおいたのだが、残念なことをしてしまった。

そっと階段の下に行くと、二階の声が聞こえてくる。年寄りで、耳が遠いのだろうとでも思っているのか、かなり言いたい放題である。

「お金は盗られてなかったという話よね」

「でも、それほど物色した跡もなかったというから、いろいろひっくり返す暇もなかったのかもよ」

「お貞の荷物はほとんどいじってないみたいね」

「じゃあ、あのお爺さん、布団敷いて寝てるだけ？」

「なんでも桃子ちゃんと遊んでいればいいみたいよ」

ほとんどボケ爺《じじ》い扱いである。

「やっぱり、骨董もないわね」

「だって、お貞さんは、売れっ子と言っても、若いので稿料が安いからお金はないって言ってたもの」

「骨董の会には、絵の勉強のために来てたようなものでしょ」

「あたしは、なにか掘り出し物でもあるのかと思っていたのよ」

「押入れも見てみましょうか」

どうやら開けてみているらしい。まったく、図々しさには呆れてしまうが、雨宮もこれくらい根掘り葉掘り調べているのだろうか。

結局、めぼしいものはなかったらしく、三人は二階から降りてきた。

桃太郎は慌ててずっと寝転んでいたふりをして、

「どうじゃ、下手人の見当はつきましたかな?」

起き上がって訊いた。

「なんとなく見えてきたことはいくつかありますが、特定はできませんね」

と、高村の奥方が言った。

「それは凄《すご》い」

じっさい、桃太郎ですら、まだほとんど見えてきていない。

「ぜひ、お聞かせいただきたいですな」

「よろしいですとも。まず、下手人は二人の顔見知りであること」

と、高村の奥方は、自信たっぷりの口調で言った。

「……………」

力が抜ける。そんなことは当たり前すぎて、わざわざ言う気にもなれない。女の一人暮らしの家に騒がれもせず入って、さほど抵抗したようすもなく刺し殺されているのだから、顔見知りが不意を突いたのに間違いないのだ。

「それと、金には困っていない人物だということ。お貞も、それからおぎんの家も検分したのですが、どちらも金を漁《あさ》ったり、明らかに価値のある絵を持ち出したりした形跡がありませんでした。つまり、下手人は金に困っていないどころか、かなり裕福なのかもしれません」

「ふうむ」

そう思うのは素人《しろうと》だろう。たしかに小金には困っていないが、じつはふつうの者にはわからないが、恐ろしく高価なものが盗まれていたかもしれないのだ。

「この線で探れば、何人か条件に合う者が出て来るでしょう。そしたら、さらに周辺の聞き込みをするつもりです。まあ、十日もすれば、だいたいはわかるかと」

「たいしたものだなあ」

桃太郎はわざとらしく感心し、

「ところで、お貞は骨董の会というのに入っていたらしいが、その会は誰がやってるんだい？」

「ああ。通一丁目《とおり》にある〈江戸川屋《えどがわや》〉という唐物屋《からもの》のご隠居がやっているんです。その道の権威なのに、ちっとも偉ぶらない、いい人ですよ」

「そうなのか」

桃太郎は、たいして関心はないというようにうなずいた。

六

翌日の昼近くになって――。

「おじじさま。桃子を預かってもらってもよろしいですか？」

と、珠子が桃子を抱いて顔を出した。

「ああ、もちろん、いいとも」

桃太郎が手を広げると、桃子はその腕に飛び込んでくる。これだけなついてくれたら、なんでもしてやりたくなる。本当なら、三食とも羊羹《ようかん》を食べさせ、錦《にしき》のおしめをしてあげたい。

「なにかあったのかい？」

急いでいるらしい珠子に桃太郎は訊いた。

「蟹丸《かにまる》がお腹が痛いと言っているみたいなんで」

「そりゃあ心配だな」

「桃子、お昼ごはんがまだなんですよ」

「そうか、わしもまだだから、卯右衛門《うえもん》のそば屋にでも連れて行くか。なんなら、あんたも食っていけばいい」

「でも、あたしは蟹丸がなにも食べてないかもしれないので、おかゆでもつくっていっしょに食べますよ」

坂本町までいっしょに来て、珠子は一人で海賊橋《かいぞくばし》を渡って行った。

「おや、愛坂さま」

元大家で、そば屋のあるじの卯右衛門は、桃太郎と桃子を見て、いかにも嬉しそうにした。

「桃子の好きな卵とじそばをもらうか」

「お二人でお分けするのですね。でも、おじじさまには、エビ二匹とシイタケの天ぷらでもおつけしましょうか？」

「わかっているではないか」

桃太郎は、横沢慈庵が推奨する、飯や麺は少なめにして、魚と野菜をたくさん食べるという食生活をまだ守っているのだ。

桃子と交互に卵そばをすすっていると、卯右衛門が、

「なんだか、川向こうで騒ぎが起きているみたいですな」

窓の外を見て言った。

「ん？　川向こうだろう。放っておけ」

桃太郎は、桃子といっしょにいるときは余計なことにはかかわらないようにしている。

「なんだか、人捜しをしているみたいですよ」

「人捜し？」

「あ、こっちにも来ましたな」

卯右衛門は、店の外に出て、橋を渡って来た男に声をかけた。

「どうかしたのかい？」

「子どもがいなくなったんですよ。まだ三歳の女の子なんですが」

「急にいなくなったのかい？」

「茶盆玉売りの声がしていたので、それが欲しくなったと思うんですが、茶盆玉売りのところには行ってませんでした」

このやりとりを聞き、桃太郎はちょうどそばを食べ終えた桃子を抱いて外に出た。

「あ、愛坂さま。いまの話は聞きましたか？」

と、卯右衛門が訊いた。

「うむ。また、子どもがいなくなったみたいだな。茶盆玉売りが現われると、よく子どもがいなくなるらしいぞ」

「かどわかしでしょうか？」

「かどわかしなら、身代金《みのしろきん》の要求が来るはずだぞ」

「ですよね」

と、卯右衛門はうなずき、

「おい、身代金の要求は来たのかい？」

川岸の段々の下に降り、川をのぞき込んでいる男に訊いた。

「いいえ。そんなものは来てませんよ」

「どこの娘がいなくなったんだい？」

「向こうの、〈白金屋《しろかねや》〉という金物屋の一人娘なんですよ。あたしはそこの手代なんですが」

「なにか特徴はあるかい？」

「蝶々《ちょうちょう》の模様の浴衣を着てて、小太りの身体つきです」

「名前は？」

「おりょうちゃんです」

このやりとりに、

「よし。捜すのを手伝おう。卯右衛門。桃子を背負うのになにか適当な紐はないか？」

いくらいままでは必ず見つかっているといっても、じっさいはなにがあるかわからないのだ。

「ありますよ」

卯右衛門が持ってきた紐で桃子を背中にくくりつけた。背負うのは久しぶりである。大の男が赤ん坊を背負っているというので、よく、このあたりで失笑を買ったものだった。

「卯右衛門。あんたはそっちだ。わしはこっちのほうを捜す」

桃太郎がかつて住んでいた長屋界隈を捜し回っていると、

「あら、愛坂さま。どうなすったの？」

「そんなに急いで、桃子ちゃんが背中で跳ねてますよ」

おきゃあとおぎゃあの婆《ばあ》さん姉妹に見つかってしまった。

「うむ。じつはな……」

と、手短に子どもの特徴を告げると、

「あたしたちもお手伝いしますわ」

「まかしといて」

婆さん姉妹も、自分たちまで迷子になりそうな足取りで捜し回った。

だが、見つけたのは卯右衛門だった。

「いましたよお！」

という声に、卯右衛門のそば屋の前に、桃太郎たちは集まった。

白金屋からも、両親はもちろん、番頭らしき者も駆けつけて来て、

「おりょう。無事でよかった」

母親は泣きじゃくった。

三歳のおりょうは、昨日の京太よりはずいぶん可愛らしい。桃太郎が見るに、桃子ほどの気品はないが、いかにも大店《おおだな》のお嬢ちゃんである。

「この女が連れ歩いていたんですよ」

卯右衛門が指し示したのは、四十くらいの女だった。

「なんだって、子どもを連れ去ったりしたんだ？」

卯右衛門が問い詰めた。坂本町の町役人もしているので、問い質《ただ》すのも役目のうちである。

「あんまり可愛かったもので」

「だからって、よそさまの子どもだろうが」

「はい。わかってます。ただ、こんな子どもが可愛くて。あたしの子は産まれてすぐに亡くしてしまい、それから亭主にも逃げられて……」

女は地面に突っ伏してしまった。

「そうなの」

「生きていれば、たぶんこれくらいで」

　自分の立場もわからないのか、女は顔をあげると、さっきまでいっしょだった子どもに微笑《ほほえ》みかけた。

「そうだったのかい……」

　おりょうを見れば、玩具やお菓子をもらったらしい。もちろん、どこも怪我はしていないし、ひどいことをされた兆候《ちょうこう》もない。

「連れ去ろうなんて考えたわけじゃありません。ただ、ちょっとだけいっしょにいられたらと思ってしまって。申し訳ありません！」

　桃太郎もこのところ、こうした話には滅法《めっぽう》弱くなっていて、思わずこみ上げてしまう。

「うっ、うっ」

　おんぶされている桃子が、どうかしたの？　と心配そうに桃太郎をのぞき込もうとする。

　卯右衛門はそんな桃太郎を見て、

「だが、子どもがいなくなった親の気持ちも考えてもらわないとな」

　と、説教した。

「はい。ほんとに申し訳ありません」

「どうです。皆さん、許してあげましょうや」

卯右衛門の問いかけに、

「そうだな」

「悪意はなかったってことで」

「子どもが無事だったんだから」

と、白金屋の者も納得したらしい。

「愛坂さま？」

卯右衛門は桃太郎にも訊いた。

「うむ。だが、今後のこともあるしな、番屋のほうでいちおう調書は取っておいたほうがいいと思うぞ」

そう言ったのは、長い目付暮らしで身についた習癖《しゅうへき》というものだろう。

「申し訳ありませんでした」

女は深々と頭を下げた。

七

家にもどると、珠子はもうもどっていた。海賊橋ではなく、新場橋《しんばばし》のほうから帰って来たらしい。

「蟹丸はどうだった？」

「まったく、又蔵さんは大げさで、ぜんぜんなんともなくて、豆腐つくってましたよ」

「そんなことだと思ったよ」

又蔵だけでなく、雨宮や鎌一も、騒ぎだけは大きいのだ。

「できたての豆腐、もらってきました。後で、お裾《すそ》分《わ》けします」

「すまんな」

桃太郎は、桃子を珠子に返し、気になっていた骨董の会を主催する江戸川屋の隠居に会いに、通一丁目に出向いた。

江戸川屋は、間口こそ三間ほどだが、どことなく風格の漂う店の佇《たたず》まいである。奥行きがあり、ぐるっと回って裏側が、隠居の住まいだというのも聞いていて、そっちを直接訪ねた。

「ご隠居に会いたいのだが」

「わたしですが」

すでに八十近いのではないか。歳月で磨かれ、黒光りしているような顔だが、目には膨大な知識を感じさせる光がある。

「じつは訊《たず》ねたいことがあってな」

「どちらさまで？」

「かつて目付をしていた愛坂という者だが、たまたま山中屋《やまなかや》のお妾のおぎんさんと、一桜斎貞女という女絵師とは知り合いだったのだ」

「どちらも殺されてしまいましたな」

「そのことで、なにか心当たりはないかい？」

「おぎんさんのほうは、山中屋さんが収集なさった骨董をそのままもらっているので、相当な値打ちのあるものを持っていたと思われます。だが、聞いたところでは、それらは盗まれていないらしいですな」

「そうみたいだ」

「一桜斎貞女は、どちらかというと、収集より勉強のために来ておられたので、あまり盗まれるようなものはなかったと思います」

「そうじゃな」

「ですので、あたしもいろいろ考えてみたのですが、骨董のことで殺されたのではないのかなと思っているのです」

「では、なぜ殺されたと思う？」

「いやあ、そうなると見当がつかないのですよ」

　まあ、素人はそんなものだろう。

「こちらに町方の者はまだ来ておらぬかい？」

「いえ、話を聞きに来てました。雨宮さまという同心の方と、岡っ引きとで」

「ほう、来ておったか」

　いちおう、それなりの線はたぐってはいるらしい。

「それにしても、素晴らしい収集《しよが》ですな」

　桃太郎は玄関先に飾った書画や置き物を眺めて言った。世辞の一言二言くらいは言わないと悪いだろう。

「お好きで？」

「まあな」

「絵師では誰が？」

そんなものはいないが、

「そうだな。手を抜かずにしっかり描くので、伊藤ひゃくしょうなどは好きだな」

つい、適当なことを言ってしまった。

「伊藤ひゃくしょう？　それはどういう絵師なので？」

「うむ。江戸ではあまり知られておらぬが、京都では有名な寺院の襖絵まで描くくらいの絵師でな」

「もしかして、軍鶏など生きものの絵を得意にする絵師で？」

「そうそう。あの軍鶏の絵は、薄気味悪いくらいよく描けておる」

「ははあ。愛坂さまはお目が高い」

江戸川屋の隠居は、笑いを嚙みしめるような顔で言った。

「だが、そなたもこれだけのお宝があると、泥棒が心配だろう」

「そうですな。なので、うかうか湯屋にも行けません」

「そのときはどうするのだ？」

「毎日、七つ（午後四時）ごろに表の店から若い者が来まして、留守番をさせましてな。そのあいだに、湯屋に行ったり、鍼医《はりい》にかかったりしております」

「そうか。留守にできぬか」

　と、桃太郎が言ったとき、脳裏になにかが閃《ひらめ》いた。

「あ」

「どうなさいました？」

「ちと、急用を思い出した。ごめん」

　桃太郎は走って、坂本町の番屋に向かった。

八

　途中、海賊橋のところで雨宮と又蔵、鎌一の三人がたむろしていた。この三人は、二件の殺しについて調べるべきことが思いつかないものだから、この数日はひたすら橋の上で、川の流れを見つめているみたいなのだ。

「お、ちょうどよかった、雨宮さん」

　桃太郎も、孫の父親になった雨宮を、呼び捨てにするわけにはいかない。

「なんでしょう？」

「茶盆玉の件を解決してやるよ。それで、あんたも少しは評判を回復できるだろう」

「茶盆玉の件？」

雨宮が怪訝《けげん》そうな顔をすると、

「ほら、子どもがいなくなるというやつですよ」

と、又蔵が言った。

「ああ、見つかったんでしょ？」

「見つかったが、その裏に悪事が隠されておるのだ」

「そうなので？」

「女はまだ、番屋にいるはずだ。いいか、こういうことだ……」

と、桃太郎は雨宮たちに、茶盆玉売りたちのからくりを説明した。

「そういうことですか」

「あんたが見破ったことにしてよいからな」

「それはまずいでしょう」

「あんた、八丁堀の女たちの風当たりがずいぶん厳しいぞ。珠子が肩身の狭い思いをしているのだ。ここらで手柄を立てて、珠子の気兼ねを軽くしてやれ」

「わかりました」

三人は坂本町の番屋に向かった。案の定、卯右衛門が町役人として、女の調書を取っており、その傍らでもう一人の町役人と番太郎が、女に同情したような顔で話を聞いていた。

「よう」

雨宮が肩で風を切るようにして、番屋に入った。桃太郎は、なかには入らず、外からようすを窺うことにした。

「おや、雨宮さま」

卯右衛門が意外そうな顔で雨宮を見た。

「茶盆玉売りの件だがな。おいらのほうでいろいろ当たってみたら、この女はとんでもないワルだぜ」

雨宮は、うすら笑いを浮かべながら言った。

「え?」

「子どもを亡くしたので、小さな子が可愛くて仕方がないなどとぬかしているのだろうが、そんなことはすべて嘘っ八だ」

「そうなのですか?」

「茶盆玉売りと、この女はつるんでいる」

「え？」

「しかも、仲間がもう一人、いるな」

雨宮がそう言うと、女の顔が強張った。

「さっきもどって来た子どもは、白金屋の娘だったな」

「そうです」

「又蔵。白金屋に行って、帳場からなにか無くなったものがないか訊いて来るんだ」

「わかりました」

又蔵が飛び出して行く。

卯右衛門以下、番屋の者は啞然《あぜん》として、女は黙ってうなだれている。

又蔵はすぐにもどって来て、

「帳場の金箱《かねばこ》から五両が消えていて、数え間違いかと、皆が調べているところでした」

と、報告した。

雨宮はうなずき、

「そういうことなんだよ。いいか、子どもがいなくなると、家の者は心配して、皆、飛び出してしまう。その隙を狙って、この女の仲間が忍び込むという手はずなんだ。始終やれば、すぐに手配が回るから、おそらく、かなり金目のものを見つけたときだけ、盗むようにしているのだろうな」

「ははあ。旦那。よく見破りましたね？」

卯右衛門が感心した。

「だって、女の話があまりにもうまくて、逆に嘘臭く感じたのさ」

「へえ。じゃあ、茶盆玉売りともう一人は、この女が言った住まいに行けば、捕まえられますね？」

「この女が、ほんとの住まいを言っていればな」

「どうなんだ？」

卯右衛門が訊くと、女は、

「ふん」

と、顔をそむけた。

「ほおら、こいつの言うことは嘘だらけだ」

「じゃあ、どうします？」

「そうだな……」

雨宮の目が泳いだ。そこから先は考えていなかったらしい。外にいる桃太郎を、すがるような目で見た。

桃太郎は、人差し指を下に向けた。すると雨宮は、

「うーん。地面でも掘るか？」

と、言った。

「地面を掘るんですか？」

卯右衛門たちは驚き、桃太郎は頭を抱えた。

「ここで待て。隠れておれ」

桃太郎は、声には出さずに、口だけ開けて言った。

「え？　ああ」

雨宮もやっとわかったらしい。

「おそらく、女がもどって来ないと、心配になって茶盆玉売りたちももどって来るはずだ。ここらに隠れて待っていよう」

「なるほど」

それぞれが、海賊橋を中心に、隠れて待った。

すると、それから半刻ほどして、茶盆玉売りと、もう一人の若い男が、海賊橋のあたりを窺うようにして引き返して来た。

「おい、きさまら」

雨宮たち三人が、三方から突進した。

茶盆玉売りはどうにか又蔵が捕まえたが、若いほうが鎌一の六尺棒《ろくしやくぼう》をかわして逃げた。雨宮はただ、大きな声を出して、右往左往するばかりである。

まあ、こうしたなりゆきは見越していたので、

「おい、待て」

桃太郎が若い男の前に立ちはだかった。

「なんだ、てめえは」

「逃がさぬぞ」

両手を広げたが、足元がよろけた。ただし、これは芝居である。

「爺いは引っ込んでろ」

「まだ七十だ。若い者には負けぬわ」

歳もサバを読んだ。

すると、明らかに年寄りだと舐めて、桃太郎の顔を狙って大きく蹴り上げてき

た。これがわきをかいくぐられたりしたら、桃太郎も捕まえきれなかったかもしれない。憎たらしい爺いの顔を、踏んづけてやろうと、面白半分で蹴り上げた右足だった。桃太郎はかがみ込みながら、高々と上がった右足を両手で押さえると、そのまま空に向けて思い切り持ち上げた。

ボキッ。

と、乾いた音がして、男は地べたにひっくり返った。

「ああっ、ああっ」

股座《またぐら》の骨でも折れたらしい。これでは牢のなかでも、しばらくは寝たきりになってしまうに違いなかった。

九

「おじじさま。ありがとうございました。これで、おいらたちの評判も、かなり回復するに違いありませんよ」

雨宮は嬉しそうに礼を言った。

「それより、殺しの調べのほうはどうなっている?」

「正直、進んでいるとは言い難いです」

「わしもちょっとくらいは手伝えたらと思って、おぎんとお貞が顔を出していたという骨董の会の元締めの……」

「ああ、江戸川屋のご隠居ですね」

「雨宮さんたちもすでに来ていたと聞いたよ」

「ああ、はい。でも、たいして手がかりはなかったでしょう？」

「まあな。だが、あんたたちもちゃんとその線も辿《たど》ったのではないか。どこから割り出したのだ？」

　桃太郎にしても、女武会の女たちから聞かなければ、正直、その筋はあまり気にしていなかったのである。

「じつは、骨董の会の者から言ってきたのですよ」

「ほう」

「おぎんとお貞は、骨董を盗まれていないかと訊いてきたのです。どうも、盗まれていたら、どこかで売りに出されるのではないかと期待していたみたいですよ。なんせ、おぎんのほうは、かなりいいものを持っていたみたいで、それがどこかの骨董商に流れるのではないかと、期待しているのでしょうな」

「なるほどな」

「なので、いちおう、どういうことで二人はそんな会に行っていたのか、元締めに聞きに行ったわけです。なんでもおぎんのほうは、旦那だった山中屋の隠居といっしょに来ていて、お貞のほうは絵の勉強のために来ていたとのことでしたな」

「そうだな」

「たいした秘密もありません。なので、その筋は探るほどではないと思いますよ」

「ふうむ」

桃太郎は、まだなんとなく気になるところはあるのだ。

「それで、いま、おいらたちが追いかけているのは、この数年、ほかに似たような殺しはなかったかというところでしてね」

「ほほう。似たようなというと？」

「若い女の一人暮らしを襲ったということ。胸を一突きされていること。この二点に共通する殺しはなかったか、奉行所の捕物帳で調べました」

「それはいいところに目をつけたな。ひたすら海賊橋の上で悩んでいたわけでもないのか」

桃太郎がそう言うと、鎌一がぐいっと胸を反《そ》らすようにした。どうやら思いついたのは雨宮ではなく、鎌一のほうだったらしい。

「それで、あったのか？」

「去年の暮れ。箱崎《はこざき》の長屋で、一人暮らしだった髪結《かみゆ》いのおきねという二十四の女が、夜、胸を刺されて死んでいました」

「ほう。それは気になるな。もう少し詳しく聞かせてくれ」

「どうもおきねには男がいまして、かなり歳上の男が出入りしていたみたいなのです。それで、殺された晩におきねの声で、あんたとはもう別れるという大声が聞こえ、それから急に静かになって、長屋の者がしばらくしてようすを窺いに行くと、胸を刺されて死んでいたってわけで」

「下手人はわかったのか？」

「わからねえんです。何人かが出入りするのを見ているんですが、男も顔を隠すようにしていたみたいで」

「どれくらい出入りしていたんだ？」

「長いと言えるんですかね。殺される三年ほど前から、夜になると、歳上の男が来ていたという話を、何人かから聞きました」

「三年か……」

「おいらの同僚が下手人を追いかけているんですが、そいつも今度のお貞殺しとおぎん殺しと関わりがあるかもしれないと言って、急に詳しいことを言わなくなっちまったんです」

「なるほど。だが、そいつは違うな」

「違いますか？」

「ああ。三年前ならおぎんはまだ、山中屋とうまくやっていたし、お貞も父親といっしょに絵を描いていたころだろう。そんな爺さんとどうこうなんて、なっているわけがない。わしなら、さっさとほかを当たるな」

「そうですか」

と、雨宮たちはかなり期待していたらしく、がっかりして肩を落としたのだった。

ところで、雨宮五十郎の手柄は、その日のうちにたちまち八丁堀界隈に知れ渡った。茶盆玉売りと女房、そして女房の弟がグルになった、巧妙な盗みを、雨宮が見破り、三人を捕縛したと。

だが、大きく信頼回復とまでは行かず、

「頑張ったではないか」

と見たむきが、およそ三割、あとの七割は、

「そんなことより、早く殺しの下手人を挙げろ」

という意見だったらしい。

第二章　義経《よしつね》の末裔《まつえい》

一

「ぼんだま」

珠子に抱かれたまま、桃子は回らぬ舌で言った。桃太郎の目をじいっと見つめている。

「ん？　なんだって？」

「ぼんだま」

「あ、茶盆玉か」

桃子は、あれから茶盆玉が忘れられなくなったらしい。確かに、子どもからしたら、あんなにきれいで、面白いものはないだろう。

「桃子。ぼんだまは、ないないよ」

と、珠子が言うと、桃子は口を歪めて泣きそうになった。わぁーっと泣き出さないところは、こんな子どもでも、我慢しているのか。

その顔を見たら、桃太郎はなんとかまた買ってあげたいと思うが、あの茶盆玉売りはすでに牢獄に入ってしまった。

「ほかにも茶盆玉売りはいるはずだがな」

「でも、ここらにはなかなか回ってこないみたいですよ」

珠子と桃太郎の話を聞いていた桃子は、またも、

「ぼんだま」

と、夢でも見たように空を仰いで言った。

「よしよし。じいじがなんとかしてやるからな」

と、言ってみたが、桃太郎もどうすればいいかは思いつかない。

「とりあえず、気を紛《まぎ》らせるしかないな」

と、歩かせることにした。そば屋の卯右衛門がまた変わった生きものでも飼っていないかと期待しながら、海賊橋のほうにやって来ると、

「なんで、あんな男が！」

「ほんとよ。ふざけてるわ！」

おきゃあとおぎゃあが、卯右衛門相手になにやら憤慨しているではないか。その剣幕は、餌《えさ》をもらえない雌鶏《めんどり》のそれに近い。

「おっと、これはまずい」

桃太郎は慌てて踵《きびす》を返し、逃げようとしたが、

「あら、愛坂さま」

「桃子ちゃんまで」

と、見つかってしまった。

ここから逃げるのもなんなので、そば屋の前まで行き、

「なんだな。わしは昔から、憤慨しているおなごには近づかないようにしているのだ」

「憤慨ったって、別に愛坂さまに怒ってるわけじゃありませんよ」

「そりゃ、まあ、そうだろうが、なんかあったのか？」

卯右衛門のほうを見て、訊いた。

だが、おきゃあは卯右衛門はもういいからとばかりに、店のほうを指差し、

「聞いてくださいよ、愛坂さま」

と、迫った。

「な、なんだよ？」

「あっちの霊岸橋《れいがんばし》のたもとにね、おかしな男が座っているんですよ」

「橋のたもとに座るのは、だいたい変なやつだろう」

「その男は許せないくらい変で、自分のことを義経の末裔だと言ってるんです」

「こともあろうに義経ですよ」

と、おぎゃあが強調した。

「ほう」

それがどうした？　と言いたいが、婆さんに嚙まれるようなことは言わない。

「その男が貴公子然として、いかにも義経の面影《おもかげ》があるならいいですよ」

「ないのか？」

「人間の面影だってないくらいですよ」

「それはひどいな」

「しかも、自分は義経の子孫だけど、弁慶《べんけい》の末裔を捜していて、もしも会えたら三十両を進呈するというのです」

「三十両？　誰に？」

探せば賞金がもらえるのか。

「弁慶の末裔にですよ」

「ふうむ」

「おかしな話でしょ」

「ぜったい、変ですよ」

と、おぎゃあ。

「まあな」

「愛坂さまもちょっと見て来てくださいよ。見なきゃわかりませんよ。あの男の図々しさは」

いまから手を引いて連れて行くような勢いである。

「いや、いいよ」

と、桃太郎は慌てて手を振った。

「どうして？」

「そんな変なやつだと、桃子を見て、静御前《しずかごぜん》の末裔がいたとか思うかもしれないだろうが」

「ああ」

おきゃあとおぎゃあは、がっかりしたような顔をした。

「そうですか」

「そんなのにつきまとわれるようになったらどうする？　だから、わしは桃子といるときは、変なやつには近づかないようにしているのだ」

二人は、そこまでは思わないとでも言いたそうな、微妙な顔をした。

「はあ」

二

それから海賊橋の上に行き、桃子に下の川を行き来する舟を眺めさせていると、

「おや、愛坂さま」

と、声をかけてきたのは、医者の横沢慈庵ではないか。

「これは慈庵さん。おかげさまで、朝比奈の具合がだいぶいいみたいで、あの調子だと治るんじゃないですか？」

「いや、申し訳ないが、あの病はほとんど治ることはないのです」

「そうなのか」

「ただ、よほど症状が進めば悪くなるのは早いが、そう急激に進むものでもない。病の進行を遅らせ、寿命を全《まつと》うさせることもできなくはないと、わたしは思っています」

「朝比奈もぜひ、それで願いたいですな」

「ええ。朝比奈さまは、真面目な患者ですからな」

その言葉の陰には、愛坂さまとは違ってという意味も感じられる。

「そういえば、慈庵さんはシャボンを入手できるところはご存じないですか？」

「シャボン？」

「じつはこの子に茶盆玉をやってみせたら、やけに気に入ってしまって。どうせなら、シャボンを手に入れて液をつくってやろうと思いまして」

「なるほど。シャボンなら、もしかしたら唐物屋で売っているかもしれませんよ」

「唐物屋で？」

ふつうは、清国《しんこく》などの書画骨董を扱うのが唐物屋である。

「近ごろは、南蛮渡来のものならなんでも扱う唐物屋がありますよ。わたしも、最近、薬を手に入れました」

「ほう。なんという唐物屋です？」

「霊岸島の新川《しんかわ》のそばにある〈荒海屋《こうかいや》〉という唐物屋です。表の間口は小さいですが、奥の蔵にはずいぶんいろんなものがあるみたいですよ」

「なるほど」

そういった店が、あのあたりにいくつかあるのは知っている。

「ずっと奥の大川《おおかわ》に近いところです。ただ、あるじがちょっと変わった人で、ムッとするようなこともあるかもしれませんよ」

「それは我慢しますよ。いいことを聞いた。ありがとうございました」

慈庵に礼を言って別れ、いったん家にもどって桃子を珠子に返し、新川めざしてふたたび外出した。巾着《きんちゃく》には多めに銭を入れた。唐物は値が張るが、この際、値段のことなど言ってはいられない。

八丁堀の東に隣接する霊岸島には、二本の大きな運河が通っているが、そのうちの一本が新川で、両岸に酒問屋が並ぶことでも知られる。ほかに、廻船《かいせん》が運んで来る物資を扱う問屋も多く、それで唐物屋も多いのである。また、知り合いの蘭学者《らんがくしゃ》である羽鳥六斎《はとりろくさい》や中山中山《なかやまちゆうざん》たちも、このあたりに潜んだりしていたくらいで、なんとなく異国の匂いが漂う町なのだ。

慈庵から聞いた荒海屋は、なるほど大川の近くにあった。間口は二間半ほどだが、奥行きがある。両側が棚になっていて、ガラクタと間違いそうな妙なものがずらりと並んでいる。

帳場はずっと奥にあるが、入ってすぐのところには、掏《す》り見習いみたいに目つきの悪い小僧が、客を見張るように立っている。万引きでもする客を見つけたら、町じゅうに聞こえるくらいの声で、泣き喚《わめ》きそうである。

ちょっと見には、なんの道具なのか見当がつかない品も多い。

雰囲気は、相当に怪しい。

桃太郎はそれらの品物を眺めながら奥まで行き、座っていたあるじらしき男に、

「シャボンは置いてるかい？」

と、訊いた。

「もちろん置いてますよ。まさか、お武家さまが使うので？」

あるじは、細い目を見開いた。目一杯見開いても、三日月くらいにしかならない。

「使っちゃ悪いのか？」

「悪くはないですが、うちのは洗濯に使うのは勿体ないくらいいいものですのでね、どうせ洗うなら白くて肌理《きめ》の細かい肌に使ってもらいたいですな」

「わしの肌だったら？」

「川原に転がっている小石でこすったほうが……」

かなり失礼なやつである。あらかじめ慈庵から聞いていなかったら、ほんとに腹を立てていたかもしれない。

「いいから、見せてくれ」

「そうですか」

あるじはほんとに売りたくないという顔で、後ろの棚の下のほうから、紙に包まれた四角いものを取り出した。

「いい匂いがしますよ」

「ああ」

それは出してきたとき、すぐにわかった。

「食べられませんよ」

「食べるわけあるまい」

「でも齧《かじ》る人はたまにいるんです」

そう言って、あるじは紙を丁寧に開いて、中身を見せた。横が四寸、縦が三寸ほどの、白くてろうそくみたいな艶《つや》がある。

「エウロパの貴婦人は、湯に入ったとき、これで肌を洗うのですぞ」

「さぞかしきれいになるだろうな」

「お妾にでも贈るので？」

「馬鹿言え。わしが使うんだよ」

「でしたら、これではなく、洗濯に使うものがあるはずですから、どこかほかの店を当たってみてください」

　なんとしても、桃太郎にはこのシャボンを使って欲しくないらしい。

「いや、これでいい。じつはな、これで孫にシャボン玉をつくってやろうと思っているのだ」

「あ、なるほど。お孫さんにね。それを早く言ってくだされば、川原の小石なんか勧めたりはしませんでしたのに」

あるじはホッとしたように笑った。

「だが、でかいのう」

「ええ。使いではありますよ」

「半分ほどでいいんだがな」

「それは駄目です。ほら、絵模様や文字が刻んであるでしょう。『お姫さまご愛用品』なんて書いてあるらしいです。なので、半分にはできません。なあに、使えば、たちまち減っていくから大丈夫ですよ」

「では、しょうがないな。いくらだ？」

「二朱（およそ一万六千円）いただきます」

「二朱！　それは高い」

「ですから、これは貴婦人の肌を洗うものなのです。また、南蛮の貴婦人の肌というのは、透き通るように真っ白ですからな。まあ、たいしたもんですな」

「そうらしいな」

「日本の女は糠袋《ぬかぶくろ》でしょ。だから駄目なんです。ふわふわのパン食って、シャボンで磨くうち、ああいう透き通るくらい真っ白な肌になるはずです」

「白けりゃいいってほどではあるまい」

黒くても魅力のある女は、いくらも見てきた。

「そうですかね。あたしは、そんなこと言ってるから、日本は遅れてしまったのだと思いますよ。見てなさい。そのうちわが国は南蛮人に乗っ取られて、牛馬みたいにムチで打たれて働かされるようになりますから」

「あんたも？」

「わたしはそうならないため、異国のことを学んでいるのです。お武家さまも、幕府の目を盗んで、いろいろ異国のことを学んでおいたほうがよろしいですぞ」

「考えとくよ」

高いシャボンを買いに来たのに、暗澹《あんたん》たる国の未来まで聞かされてしまった。

帰り道――。

霊岸橋のこっちのたもとに、件《くだん》の義経の末裔がいた。行くときは、急いでいて気づかなかったのだろう。

莫蓙《ござ》の上にあぐらをかいて、

「わたしは義経の末裔である」

と、大きく書いた看板を抱えている。さらにその下には、

「弁慶の末裔を捜していて、もし会えたら三十両を進呈する」

とも書かれている。「三十両」のところは、朱文字になっている。

顔を見ると、なるほど義経の面影というと変だが、鎧《よろい》を着て、八艘跳《はっそうと》びをするようにはまったく見えない。目は細くて短い。眉毛が黒い毛虫のように太い。せいぜい、四つ足で涎を垂らしながら歩くほうが似合っている。しかも、義経の末裔なら、源氏の末裔だから武士であるはずだが、座っている男は、どう見ても町人である。

「証拠はあるのか？」

と、桃太郎は訊いた。

「もちろんです。なければ、こんなに堂々と名乗って出たりしませんよ」

それもそうなのである。

「見たいものだな」

「あなたさまは、弁慶の末裔ですか？」

「あいにくだが違うな」

「弁慶の末裔なら、お見せします。わたしは見世物ではないので、どうぞ、お引き取りを」

やけにきっぱりと言った。

「そうか。まあ、義経と弁慶の末裔がいてくれれば、わが国も南蛮人に乗っ取られることはないだろうな」

「は？」

義経の末裔が首をかしげたが、桃太郎はそのまま歩を進めた。

霊岸橋を渡って、家のほうには曲がらず、海賊橋のほうへ向かった。

シャボンが想像以上に高価で、だいぶ小遣いを減らしてしまった。だいたいが、雨宮家の貸家は、月に三千五百文（約七万円）と、けっこう高いのである。それで卯右衛門のところで、なにか仕事はないものかと思ってしまったのだった。

そば屋の前まで来ると、ちょうど卯右衛門が店の前の縁台に腰をかけていた。

「これは愛坂さま」

「うむ。さっきはおきゃあとおぎゃあがいたので、ゆっくりできなかったが、どうだ、近ごろ、わしの力が要りそうなことは起きておらぬか」

決して金が目当てではないというように、さりげなく訊いた。

「ああ、ここんとこは、ございませんね。だいたい坂本町の面倒ごとは、たいがい愛坂さまが解決してくれましたのでな」

「そうか」

活躍しすぎたかもしれない。

「なんなら探してみましょうか？」

「いや、そこまでしなくてよい。それより、いま霊岸橋を通ってきたが、おきゃあたちが言っていた義経の末裔とやらが座ってたよ」

「ああ、はい。あたしも見て来ました。確かに、義経の末裔には見えませんでしたね」

「まあな。だが、そもそも義経に子どもがいたのか？　連戦につぐ連戦で、子どもなんかつくってる暇はなかっただろうが？」

「じつは、あたしも聞いた話なんですが、義経がまだ旗揚げせずに平泉《ひらいずみ》にいたとき、あのへんの娘っ子にずいぶん手を出したらしいんですよ。なにせ源氏の御《おん》曹司《ぞうし》ですからね。ずいぶんもてたのでしょうね。だから、あのあたりには、百姓や町人なのに、いまも義経の末裔を名乗る者は、けっこういるみたいですよ」

「では、あやつも平泉から出て来たわけか？」

「そうかもしれませんよ」

「だが、万に一つ、あいつが義経の末裔だったとしてだぞ、なんでいまさら、弁慶の末裔に会いたいんだ？」

「そりゃあ、会いたいんじゃないですか」

「野次馬根性からしたら、見てみたいわな。だが、当人が三十両という大金をやって、なにするんだ？　義経と弁慶の末裔が組むと、金儲けでもできるのか？」

「確かにそこらは不思議ですね」

「卯右衛門。探ってやろうか？　代金はいつもの額で」

だいたい、いつも一分一朱（約四万円）で引き受けていた。

「愛坂さま。もしかして、小遣いに不自由なさっているので？」

「いや、そんなことはない。冗談だ。あっはっは」

笑ってごまかした。桃太郎にも、武士の矜持《きょうじ》というものはある。

三

「桃子。シャボン玉をやるぞ」

家にもどるとすぐ、母屋のほうに声をかけた。

奥からとことこと駆けて来て、

「ぼんだま？」

「ああ。しかも、茶盆玉ではないぞ。本物のシャボンを使ってるからな」

桃子のあとから珠子が出て来て、

「シャボンだなんて、どうしたんですか？」

「うむ。新川の唐物屋で買ってきた」

と、桃太郎は買ってきたシャボンを、珠子に渡した。

「まあ、いい匂い」

「知ってたかい？」

「一度、お座敷で見せてもらったことがあります。高かったでしょう？」

「なあに、桃子が喜ぶなら安いものだ」

「湯を沸かしたほうがいいですか？」

「いや。水でよい。それより砂糖も少々。それと、この前の、骨だけになったウチワと」

「わかりました」

桃子は大喜びで、桃太郎も満足である。

家の前だと、すぐに植木などにぶつかって弾けてしまうので、表の道でやることにした。八丁堀の道に、シャボン玉が次々に流れていく。

ちょうど通りかかったのは、長谷川《はせがわ》という与力の妻女と、せがれの周吉《しゅうきち》で、この親子は以前から桃子や珠子にも好意的である。

「周たん」

桃子も嬉しそうにした。

「まあ、すごい茶盆玉ですね」

長谷川の妻女も目を丸くしたので、桃太郎も得意になって、

「桃子にせがまれて、いろいろ奔走《ほんそう》しましてな。こうすると、いっぱいできるのです」

ササッと二回つづけて、ウチワを振った。

シャボン玉が大量に湧き上がる。

「こんなすごいの、初めてみましたよ」

「そうですか」

桃太郎は、俄然《がぜん》調子に乗って、どんどんシャボン玉を飛ばす。

もうあたり一面、シャボン玉だらけである。

「わあ、凄い。いい匂いもして」

「もも、すごい」

周吉も桃子といっしょになってシャボン玉を追いかける。

そのうち、ほかの家からも親子が出て来て、

「まあ。あたしたちもいいですか？」

「どうぞ、どうぞ。桃子と遊んでやってくれ」

桃太郎は、なんだか花咲かじいさんにでもなった気分である。

大勢できゃあきゃあ言っていると、そこへ女武会の高村の妻女が、桃子よりは少し上くらいの男の子を連れて、通りかかった。

「あ、茶盆玉」

と、男の子が言った。

「おお、遊びたいなら、仲間に入りなさい」

桃太郎が声をかけた。

だが、高村の妻女は、キッときつい顔になって、

「いいえ、いま、急ぎの用事があるんですよ。ほら、健二郎《けんじろう》、行きますよ」

遊びたそうにしている子どもの手を無理やり引っ張って行く。

「あれ、やりたい」

「いいの。あんなものやると、手が腐るのよ」

これには桃太郎も苦笑するしかない。

「手が腐るときたか。あっはっは」

まったく女武会の連中には、もう少しおおらかになってもらいたいものである。


すると、そこへ、おきゃあとおぎゃあがやって来た。

大勢の女子どもといっしょにいる桃太郎を見て、

「あら、ごめんなさい。お取込み中のところを」

「なあに、かまわんよ。どうかしたかい？」

「例の義経の末裔のことですよ」

と、おきゃあが言った。

「ああ。確かに、義経の末裔という顔ではなかったな。まして、あんたらは、白塗りの役者の顔を思い描くのだろうが、あいつは白粉《おしろい》ではなく、泥でも塗りたくったみたいな面《つら》だったしな」

「そうでしょう、愛坂さま。義経贔屓《びいき》のあたしたちには、耐えられないんですよ」

「ほんと。どうしても悔しくてねえ」

おぎゃあが身悶《みもだ》えするように言った。

「それで、あたしたちの友だち二人にも話したんですよ。どっちも芝居好きで、銀座《ぎんざ》の大店の女将さんなんですけどね」

「あんまり、話を広げないほうがいいんじゃないのか？」

そういうのがあいつに知られたりすると、逆に敵意を向けられるかもしれない。思い込みの激しいやつというのは、なにをするかわからないし、だいいち卯右衛門が言っていたように、本当に義経の末裔かもしれないのだ。

「いいえ、あの男はぜったい駄目」

「そう。それで四人であの男を見に行って、やっぱり、うっちゃってはおけないっていう話になったんです」

「それでどうするんだ？」

「あたしたちの知り合いに、謎解き天狗がいると」

「わしかい」

「そう。ぜひ、愛坂さまに、あの男はなぜ、あんなくだらないことをしているのかを調べてもらいたいわけ。もちろん、お礼はいたしますよ」

「お礼？」

「四人で出し合って、とりあえず二両（およそ二十万円）を用意しました」

「なんと」

「それで、わけを突き止めるだけでなく、あんなことをやめさせてくれたら、あと三両、お支払いします」

「それはまた……」

合わせて五両。豪勢《ごうせい》な話ではないか。

「さっき卯右衛門さんに、愛坂さまのお宅を聞いてきたんですけど」

「ああ」

「なんだか、小遣い稼ぎをしたがっているふうだったって」

「そんなことを……」

やはり見破られてしまったらしい。

「どうです？」

「お引き受けいただけます？」

おきゃあとおぎゃあから、熱っぽい目で見つめられた。

「わかった。引き受けさせてもらおう」

二人の熱い視線から逃げるためにも、引き受けざるを得ない。

「ああ、ありがとうございます！」

「それにしても凄い茶盆玉ですねえ」

いまは、桃太郎のかわりに珠子が桃子の手を取って、シャボン玉をつくってあげている。

「あたしたちもやってみたい」

「桃子ちゃん。おばちゃんたちにも貸して」

「ええ、どうぞ」

珠子がウチワを貸してやる。

「まあ、凄い」

年寄り姉妹まで加わって、妙な騒ぎになってしまった。

四

とりあえずは、義経の末裔とやらを見張ってみることにした。

霊岸橋というのは、水路が十字に交差するところで、越前堀《えちぜんぼり》をまたぐかたちで架かっている。その東側のたもとは、視界いっぱいに水景《すいけい》が広がって、なかなか見応えのある景色である。そこで、「義経の末裔」の看板を抱えて座っている男は、目立つし、目障《めざわ》りでもある。

だが、近くの番屋の番太郎に声をかけて、

「なんなんだ、あいつは？」

と、訊いてみると、

「なあに、そのうちやめますよ。うっちゃっておきましょうや」

などと言うではないか。おそらく、いくばくかの銭を握らせたり、番屋に菓子折りでも持って来たりしているのだろう。

「知ってるやつなのか？」

「いや、まあ、顔は見たことはありますが」

「このあたりに住んでいるのか？」

「遠くはないでしょうね」

どうもあやふやな返事で、おそらくはっきりしたことは知らないのだろう。

その男がよく見えるところに水茶屋《みずぢゃや》があり、桃太郎はそこに座った。女連れの客が多く、桃太郎がゆったりできる店ではないが、これは仕事なのである。

通りがかりの者は、ちらりと義経の末裔を見るが、ほとんどが立ち止まったりせず、通り過ぎる。苦笑いしたり、「大丈夫か」という顔で振り返る者も多い。

弁慶の末裔は、なかなか現れない。

次第に陽が暮れてきた。水茶屋もそろそろ店じまいするようで、空いている縁台を片付け始めた看板娘に、

「あそこで座っている男だけどな」

「ああ、はい。荒海屋の若旦那」

「え？」

これには桃太郎も驚いた。

「荒海屋って、大川の近くの唐物屋か？」

「あ、そうです。以前からの、うちのお客さんなんです」

「なぜ、あんなことをしているのだ？」

「なぜなんですかね？　もともと、ちょっと変わった人ですから」

「変わってるのか？」

「南蛮人に憧れてるんでしょ。以前、話したときは、おいらは紅毛《こうもう》碧眼《へきがん》になりたいんだと言ってましたよ」

「ははあ」

それはおやじといっしょである。確かに、よく見れば、顔も似ている。

「でも、それが義経の末裔って、変ですよね。笑っちゃいますよ。笑ったら、怒られるでしょうけど」

「まったくだな」

意外な正体に呆れていると、その荒海屋の若旦那は、帰り支度を始めた。

荒海屋なら、もう場所はわかっているが、それでもいちおう後をつけてみることにした。荒海屋の若旦那なら、なぜ商売をほっぽり出して、あんなことをしているのか。

なるほど、義経の末裔は、大川に近い、桃太郎が今日シャボンを買った荒海屋に、

「ただいま、帰りました」

と、入って行った。すると、なかから、

「お帰り。どうだった？」

というおやじの声が聞こえた。

若旦那の返事は聞こえなかったが、霊岸橋のたもとに座るのは、おやじも納得

していることらしい。

――では、あれは商売に関わることなのか？

しばらく見ていると、おやじは戸締りを始めたが、奥から倅《せがれ》がまた出て来て、

「じゃあ、おとっつぁん、行って来ます」

「ああ、気をつけてな」

どうやら、いまから仕事に出るらしい。

桃太郎はふたたび後をつけた。

若旦那は、店を出ると、すぐに豊海橋《とよみばし》を渡り、新堀《しんぼり》沿いの道を進むと、湊橋《みなとばし》のところで右に折れ、箱崎町《はこざきちょう》を過ぎて、永久橋《えいきゅうばし》を渡った。

ここらは武家屋敷が並ぶ一画である。若旦那は辻番《つじばん》が出ている大名屋敷の前を過ぎて、旗本屋敷の門のところで立ち止まり、なかに声をかけると、潜《くぐ》り戸《ど》が開いて、屋敷に入って行った。訪問の約束は取ってあったらしい。

元目付の桃太郎は、大身《たいしん》の旗本の屋敷は、すべてとは言わないが、三割、四割くらいは知っている。

――ここは確か……。

旗本の木下右門《きのしたうもん》の屋敷だったはずである。木下はおとなしい男で、頭も良く、

漢籍《かんせき》や蘭書《らんしょ》なども読みこなすということで、目付もなにか怪しい思想を抱いてはいないかと、監視したこともあった。だが、そうした考えはなく、単に知識欲だけで書物を集めているらしいということになったのだった。

その木下右門は数年前に亡くなり、幼い倅が後を継いだはずである。

しばらく待つと、潜り戸が開き、なかから若旦那が出て来て、

「まだまだお預かりしたい書物はたくさんありますので、いつでもお呼び立てくださいまし」

なかにいる者にそう言った。

「わかった」

そう言ったのは、屋敷の用人あたりだろう。

若旦那は、桃太郎が木の陰に隠れているのには気づかず、速足で歩き始めた。

さっきはなかった風呂敷包みを抱えている。四角いかたちからして、どうやら書物でも買い取ったらしい。

ただ、しょっちゅう振り返ったり、やけにびくびくしている。しかも、風呂敷包みは紐で縛られ、紐の一方は、腰に巻かれているのも見えた。ずいぶん厳重である。

もしかしたら、以前にこうして買い取ったものを、ひったくられでもしたのかもしれない。

――ははあ。

桃太郎は、なんとなく、義経の末裔という猿芝居のわけが見えてきた。

五

翌朝――。

役宅を出ようとしていた雨宮に、桃太郎は窓から声をかけた。

「よう、雨宮さん」

「これは、おじさま。お貞殺しの件で、なにか新しいことでもわかりましたか？」

「それはこっちが訊くことだろうよ」

「いやあ、おいらたちはさっぱりでして」

雨宮がそう言うと、後ろで中間の鎌一もうなずいた。

叱咤《しった》したい気持ちを抑えて、

「ところで、近ごろ霊岸橋の近くで、追いはぎとかひったくりのような騒ぎはなかったかい？」

と、桃太郎は訊いた。

「いやあ、そんな話は聞いてませんね」

「そうなのか。あったはずなんだがなあ」

「お貞殺しや、おぎん殺しともつながりが？」

「それはないだろうな」

「だったら、なぜ？」

「わしだって私用というものはあるぞ」

「ですよね」

雨宮はうなずき、今日はどこに行けばいいかもわからないといった顔で、表の通りに出て行った。

桃太郎は、今朝、駿河台の屋敷から届いていた牛の乳を大ぶりの茶碗に二杯ほど飲み、それだけだと腹がたぷたぷするので、キュウリ二本に味噌をつけて食べ、さらに雨宮家の狭い庭になっているビワを一つ失敬して食べ、これで朝飯代わりにした。

それから、昨日も訪ねた霊岸橋近くの番屋に向かった。

番屋では、昨日もいた番太郎が、味噌汁に納豆という、桃太郎より立派な朝飯を食っているところだったが、

「ちと、訊きたいのだがな、近ごろこの界隈で、暗くなってから、追いはぎとかひったくりとかの騒ぎはなかったかい？」

「ははあ。届けはないが、騒ぎはありました」

「いつ？」

「五、六日くらい前ですかね。通りすがりの者が、そこの霊岸橋の向こうのほうで誰かがなにかをひったくられたみたいだと言ってきたんですよ」

「それで？」

「行ってみたんですが、誰もいないし、盗られたと名乗り出て来た人もいないし。あたしらもそれ以上のことは……」

「なるほどな」

「それが、なにか？」

「いや、いいんだ。飯の最中に悪かったな」

桃太郎は納得して、いったん家に引き返すことにした。

「よう、留」

桃太郎は、隣家に顔を出した。

朝比奈もちょうど朝飯の最中だった。朝比奈は毎朝、自分で一合だけ飯を炊き、これは慈庵の言いつけに従って、三回に分けて食べる。ただ、夏場は朝炊いた飯が、夜には臭くなったりするので、昼のうちに干飯《ほしいい》にして、湯でもどして食べたりする。

味噌汁には、茄子やゴボウ、小松菜などの野菜と、豆腐、さらに干しイワシなどもたっぷり入れてある。これで、悠然《ゆうぜん》と朝飯を食べている。こういうマメなことは、桃太郎にはぜったいできない。

「どうした、桃？」

「今日は忙しくないよな？」

「忙しいよ」

「嘘をつけ」

「嘘じゃない。横沢慈庵から、本草学《ほんぞうがく》の書物を借りて、薬草の研究をしているのだ」

「そんなことは慈庵がすることだろうよ」

「それが人間というのは、同じ薬草でも人によって、合う、合わないがある。もちろん医者も、身体つきや顔色などで見当をつけるが、いちばんわかるのは、当人が試してみることらしい」

「試す？」

「いいと思う薬でも、いくつか配合を変えたものを飲んだりするわけだ。それで、身体の調子が良くなったか、悪くなったかを、自分で判断する」

「ほう」

「それをしているのだが、ほかに薬草を追加してもいい。それをどれにするか、本草学の書物を見ながら検討しているのさ」

「あんた、たいしたものだな」

「いや、これがな、調べ始めると面白いものなのさ。以前やっていた、人相見《にんそうみ》やあくびの稽古などとは、比べものにならぬ」

「たしかにあの習いごとは、くだらなかった。だが、手妻《てづま》なんかはけっこう役に立ったぞ」

「お前の秘剣にはな。だが、わしの秘剣には、この本草学が役に立つかもしれぬ」

「本草学が秘剣？　どういうことだ？」

「まあ、それはおいおい教えるよ。ところで、なんか用があったんじゃないのか？」

「うん。そうだ。じつはこういう頼まれごとをしてな……」

と、義経の末裔の話をした。

「なるほど。その荒海屋の若旦那は、夜、身体の大きな男に、商売の品を奪われたわけか」

「そう。だが、荒海屋というのは、おそらく抜け荷に近いものを扱っている。盗まれたのも、それに近いものだったのだろう」

「だから、盗まれたとは騒ぎたくないわけだ」

「ああ。そこで、自分で盗んだ男を見つけ出そうというので、義経の末裔という狂言《きようげん》を企てたわけさ」

「要は、身体の大きい男を確かめたいのだな？」

「身体が大きいというだけなら、わざわざ弁慶など持ち出さなくてもいい。盗られたときに、引っ掻くなり、嚙みつくなりして、跡が残っているか、あるいは彫《ほ》り物《もの》でも見たか、近づいて確かめたいことがあるのだろう」

「なるほど」

「盗られたものは、おそらく三十両払ってでも、取り返したい品なのだろう」

「だが、相手はそれほど価値があるとは知らぬかもしれないぞ」

「そうなのさ。若旦那としては、価値のわからぬ骨董屋あたりに持ち込まれる前に、早くなんとかしたいだろうな」

「だが、そこまでわかったなら、それをおきゃあとおぎゃあに話せば、礼金の二両はもらえるだろうが」

「いや。じつは、あの婆さんたちは結局、不細工な男に義経の末裔なんて名乗って欲しくないわけさ。だから、それをやめさせる、つまりすべて解決してやれば、あと三両、追加でもらえることになる」

「五両か。大金だな」

「山分けしようではないか」

「いいのか?」

桃太郎も、盟友に頼みごとをして、取り分は自分のほうが多くするなどというみみっちいことはしない。

「あんただって、ここの店賃はけっこうな負担だろうが」

「それはそうだが。わかった、引き受けよう。それで、どうする？」

「まずは、あんたの手の内はわかったと、荒海屋の若旦那に話そうかと思うのさ」

「荒海屋を突っつくのか？」

「いや、そこはしないよ。抜け荷に近いことはしているかもしれぬが、南蛮の有用な道具だの学問だのは、入れたほうが人助けになるかもしれぬ」

桃太郎は頑迷《がんめい》そうに見えて、意外に開明《かいめい》派なのである。

「まあな」

「だからといって、わしらの立場では、もっと交易を盛んにして、どんどん入荷しろとは言えないだろう」

「言えないわな」

「だからそこは、わしらが昔から得意だった、匙《さじ》加減というか、太っ腹というか、大人の対応でいくべきだろうな」

「よし、わかった。では、荒海屋に行こう」

と、朝比奈は立ち上がった。

六

「ごめんよ」

桃太郎は、朝比奈といっしょに荒海屋を訪れた。

今日は目つきの悪い小僧はおらず、帳場のところに、若旦那が座っている。

「あれだよ、義経の末裔ってのは」

「確かに見えないな」

「だろう。せいぜい、お稲荷《いなり》さんのお使いってとこだ。婆さんたちが怒るのも無理はないわな。だが、ちょうどいいときに来たみたいだ」

と、桃太郎は一人で奥に行き、帳場の前に腰をかけた。

「いらっしゃいませ」

と、若旦那は言った。

「まだ、霊岸橋のたもとには座らないのかい？」

若旦那は警戒するように桃太郎を見て、

「ご覧になってましたか。そういえば、お声もかけてくださいましたね」

「ああ、かけた。しかも、わしは、あんたの狂言の裏もわかったよ」

「裏？」

「義経の末裔という狂言をしているわけだよ」

「わたしは本当に」

「そんなわけあるまい」

「では、証拠をお見せしましょう」

と、若旦那は後ろの棚に手をかけようとした。

「いいよ、いいよ。どうせ、そこにある古い短刀だの、馬の飾りだのを、それっぽくしたものだろうよ」

「うっ」

絶句したところを見ると、当たったらしい。

「あんたは、ここの商売の品か、仕入れたものだかを、夜中に持ち運んでいるとき、巨大な男にひったくられたんだ。現に、その現場を見かけた者が、番屋に報せているよ」

「だったら、あたしも番屋に行ってますよ」

「行くわけないだろうが。盗まれたと訴えれば、町方が調べに来る。そうしたら、ここにあるのは、抜け荷の品だの、ご禁制《きんせい》の品だの、そんなのばかりだ。お前のところはなにをしているということになる」

「……………」

「それで、あんたは自分で盗んだやつを捜し出そうとして、あの狂言を始めたというわけだ。盗んだのは、弁慶のような巨大な男だったんだろう。それに、近寄ってよく見れば、あんたならわかる嚙んだ跡みたいなものがある。どうだ、当たってるだろう？」

「ううっ」

若旦那が答えずにいると、

「よろしいですか」

奥ののれんを分けて、この前のあるじが現われた。

二人並ぶと、やはりそっくりである。

「よう。この前は、いいシャボンを売ってくれてありがとうよ」

「あのお武家さまでしたか。それで、お武家さまはどうなさりたいので？　お金が目当てでいらっしゃいますか？」

「金など要らぬ。要は、若旦那の狂言を終わりにさせたいだけ」

「なにゆえに？」

「若旦那のような見た目の男が、義経の末裔を名乗っているのが耐えられないというおなごが、意外に大勢いるみたいなのさ」

「ははあ」

「それで、あれをやめさせてくれと頼まれたわけだよ。だが、やめさせるには、なぜ、あんなことをしているのか、ちと調べてみたら、さっき言ったことに思い至ったわけだ」

「そういうことでしたか」

あるじは、ある程度は納得したらしく、若旦那を見てうなずいた。

「だが、この狂言は、そうすんなりとはいかないと思うぞ」

「と、おっしゃいますと？」

若旦那はムッとしたように訊いた。自慢の筋書きだったらしい。

「だいいち、そいつは巨大な男なんだろう。あんたは力ずくで、そいつから奪われたものを取り返せると思うのかい？」

「そこは金で解決できるかと」

「いやあ、あんたはもう三十両なんて大金を約束している。向こうは、よほど金になるものだと気づいたかもしれぬぞ」

「それはどうでしょう。わたしは気づいていないと思います」

「なぜ？」

「そんなふうには見えないからです。しかも、その男を見つけたら、わたしは弁慶の末裔に対する敬意と友情で三十両を払うので、盗まれたものを取り返すための代金ではありませんから」

「なるほどな」

「というわけですから、お武家さまたちのご支援は賜らなくてけっこうですので」

若旦那は頭を下げながら、いかにも慇懃無礼《いんぎんぶれい》に言った。

「ずいぶんきっぱり断られてしまったな」

荒海屋から出て、朝比奈は言った。

「まあな」

桃太郎は、霊岸橋のほうへ歩いて行く。

「手を引くのか？」

「いや、ますます関わりたくなった」

「だよな」

目付時代から、桃太郎はそうだった。そのくせ、追い詰めたあとは、ちゃんと大人の判断を下したりもする。朝比奈からすると、それがいかにも「ワル」に見えていた。

「留は、棚に並んでいたものを見たか？」

「もちろんだ」

「同じようなのがあったよな」

「ああ。おぎんの家にだろう」

「そう。しかも、荒海屋は帳場の奥の棚に、大事そうに並べていた」

「あそこには、刀のいいものも並んでいたぞ」

「そうだったな。つまりは、相当、価値があるということだ」

「なんなんだろうな」

「おぎんは、神さまでも仏さまでもない、ただの人形だと言っておったがな」

「そうじゃないな。桃は、そこらも知りたいわけだ」

「そういうことだよ」

「で、どうする？」

「若旦那の狂言のなりゆきを見守るしかないだろうよ」

この前も入った水茶屋の奥のほうに座ることにした。

七

若旦那がやって来たのは、暮れ六つまであと半刻といったあたりだった。やはり、一日中座っているわけではないらしい。

かなり険しい顔をしている。それを見ながら、

「わしらにはああ言ったが、やはり焦っていると思うぞ」

と、桃太郎は言った。

「だろうな。場所を変えてみようとは思わんのかな」

「こっちのほうに逃げたのだろう。となれば、ここで待ったほうがいいわな」

「そういうことか」

すると、ほどなくして、若旦那の前に巨大な男が立った。パッと見て、上背は六尺に二、三寸足すくらいはある。しかも、肩は盛り上がり、胴回りは四斗樽《よんとだる》ほ

どありそうである。

「おい、留」

「ああ」

二人は水茶屋を出て、横から回り込むように、さりげなく二人に接近した。若旦那は、巨大な男の相手をするので、わきには目もくれないだろう。

二人の話も聞こえてきた。

「あなたが弁慶の末裔ですか？」

「まあね。とやかく言われるので、おれとしては黙っていたかったんだがね」

「いやいや、気持ちはわかります。ところで、お生まれは？」

「京都だよ」

「京のどのあたり？」

「五条大橋《ごじょうおおはし》の近くだ」

このやりとりで、桃太郎は噴き出しそうになったが、ぐっと我慢した。弁慶は、牛若丸《うしわかまる》と出会った五条大橋の近くに住む女とできていたと言いたいのだろう。

「お名前は？」

「わしは弁蔵《べんぞう》ってんだ。弁は、弁慶の弁だよ」

「まさに臭いますね」

「だろう」

「ところで、弁慶の末裔なら、腕力も相当あるはずです。ちょっと力こぶを見せてもらえませんか？」

「こうか？」

巨大な男は、袖をまくって右の二の腕を見せ、ぐっと力を込めてみせた。

「なるほど。左のほうも」

「なんだよ」

と言いながらも、右腕と同じようにした。そのとき、左の二の腕に嚙まれたような跡があるのが見えた。

「おい、留」

桃太郎が朝比奈を肘で突くと、

「ああ。桃の言ったことが当たったな」

と、朝比奈は大きくうなずいた。

若旦那は嬉しそうに立ち上がり、

「わかりました。間違いなく、あんたは弁慶の末裔だ。約束どおり、三十両を進呈するよ」

「本当か」

「ただ、ここではまずい。あんたの家に行ってから渡そう」

「持っているのか？」

「ああ。ほら」

若旦那は、懐から巾着を出し、軽く揺すってみせた。カチャカチャと、いかにも金色をした音が聞こえた。

「おう、来てくれ。さあ、行こう」

巨大な男が先に立って歩き出し、若旦那がその後を追いかけた。もちろん、桃太郎と朝比奈もついて行く。

霊岸橋からすぐのところの左手にある湊橋を渡り、箱崎町一丁目の路地をくぐった。

「その長屋がおれの家だ」

四軒長屋の手前から二つ目の家に入って行く。

桃太郎と朝比奈は、戸口のわきに立ち、なかの声に耳を澄ました。

「きたねえところだが、上がってくれ」

「じゃあ、お邪魔するよ」

「茶も出せねえが、その三十両をもらったら、そこらで一杯やろうじゃねえか」

「いや、三十両は新たな縁組の印としての三十両で、もうちっと待ってくれ」

「え？　そうなのか？」

「その前に、そこに置いてある人形だが、それは義経と縁のあるものなんだ」

「これが義経と？」

「そう。ふつうにはなんの価値もねえ泥人形だが、義経の末裔にとっては大事なものになるんだ」

「へえ」

「とりあえず、それを三両で譲ってもらえねえかな」

「三両でな」

「ほら、ここにある」

若旦那が、巾着から三両を出した音もした。

「ちっと、待ってくれ」

「なんだ？」

「じつは、この泥人形は、弁慶の末裔にとっても大事なものなんだ」

「なんだって……」

しばらく家のなかが静かになった。

「おい留、若旦那は手の内を知られたな」

桃太郎が朝比奈に耳打ちした。

「ああ。あの弁蔵ってのは馬鹿じゃねえ。あれがかなりの値打ちものだと気づいたんだな」

「若旦那も焦り過ぎたな」

「ことは、どう転がるのかな」

「わからぬが、面白いことになりそうだ」

すると、突如、若旦那の声音《こわね》が変わった。

「おい、弁蔵。妙な欲はかかねえほうがいいぜ」

「なんだって？」

「ここは三両もらって、それを寄越して終わりにしろ。どうせ、それはこのあいだの夜、茅場河岸《かやばがし》を歩いていたおれから、奪ったものだろうが」

「そうか。あれがおめえだったのか」

「そうなんだよ。おめえの左腕、あのとき噛みついた跡も残ってるだろうよ」

「なるほど。おれを見つけるのに、義経の末裔なんて茶番をやったわけだ」

「わかったら、おとなしく寄越せよ」

「いやあ、そうとなったら、三両ごときじゃ渡せねえなあ」

「わからねえやつだなあ。おとなしく渡さねえなら、おれにはこれがあるんだ」

「げっ」

若旦那がなにか取り出したらしい。

「これは南蛮渡来の短銃《たんじゆう》だ。火縄銃みたいにうすらでかくねえが、この引き金を引けば、おめえの土手っ腹に風穴が空くぜ」

「なんてこった」

「ほら、寄越せ」

「わかったよ」

と、弁蔵が言うとすぐ、ドスン、バタンと重量感のある音がした。熊が暴れて、狐が張り飛ばされたという気配である。

「ふざけたものを持ち出しやがって。こうなったら、死んでもらうしかねえか」

弁蔵が言った。

「おい、留」

「ああ」

すばやく桃太郎と朝比奈が、家のなかに飛び込んだ。

「なんだ、てめえらは」

弁蔵が巨体を翻《ひるがえ》して、桃太郎に襲いかかろうとしたが、すでに抜き放っていた剣の峰を返し、それで弁蔵の腕を叩き、胴を払った。

「うわっ」

痛みのあまり、弁蔵は膝から崩れ落ちた。

「わしらは幕府の探索方の者だ」

桃太郎はすぐに言った。朝比奈がそのわきで、すっと刃を弁蔵の首筋に当てる。息が合っている。それもそのはず、目付時代にさんざんやった、二人の捕物術である。

「幕府の……？」

「この者は、抜け荷を企てている大悪人で、ずっと追いかけていたのだ」

「そうなので」

「この者の身柄はわしらが預かった」

「わかりました」

「そなた、これ以上、この件に関われば、抜け荷の仲間として獄門の憂《う》き目に遭うぞ」

「いえ、もう関わりません」

「そのかわり、その三両は痛い目に遭った見舞金と思って取っておくがよい」

「ありがとうございます」

「くれぐれも騒ぎ立てはするなよ」

桃太郎は、重々しい口調でそう言って、刀を納め、気絶したままの若旦那を背負って、若旦那が持ってきた荷物を抱えた朝比奈とともに、長屋を出たのだった。

「痛たたた……」

若旦那が息を吹き返したのは、荒海屋のなかだった。桃太郎と朝比奈は、気絶した若旦那をここへ運び込んだのである。

「あ、あなた方は……」

若旦那は、桃太郎と朝比奈を見て、それから心配そうな顔でそばにいたおやじに、問いかけるような目を向けた。

「お前が殺されそうになっていたところを、この方たちが助けてくださったのだ」

と、おやじは言った。

「短銃なんか持ち出したのはいいが、油断した隙に吹っ飛ばされたんだろうが」

桃太郎は思い出せというように言った。

「あ、そうでした」

若旦那は思い出したらしく、ぶつけたらしい肩のあたりに手をやった。

「わしらが、飛び込んであいつをぶちのめし、もうこの件には関わらないと約束させてきた。ただし、三両は怪我の見舞金で置いてきたがな」

「そうでしたか」

「それで、あんたが欲しかったものも、ほら」

と、桃太郎は横に置いたあの泥人形を指差した。

「ああ、ありがとうございます」

「あんたの命と、そのお宝を助けてやったんだ。正直なところを話してもらいたいな」

「お武家さまたちは、町方の偉い人で？」

「町方などではない。わしらは、ただの隠居で、お前たちの商売について、とやかく言うつもりもないし、昼間言ったように、抜け荷がらみということも見当がついている。だから、正直に話せ。話さぬなら、もう一度、あの男のところに連れて行くぞ」

「勘弁してください」

「ところで、その人形は妙なものだな？」

桃太郎は、改めてその人形をじっと見た。粘土を焼いた人形らしいが、相当年季が入っているのは色味から想像がつく。目のような巨大な丸いものが顔にあり、その顔は大きいが、身体のほうは、寸詰まりに見える。これは人を象《かたど》ったのか、それとも鎧みたいなものを模したのか。どちらにせよ、決して、美しいものではないが、変な魅力はある。

おぎんの家にも、素焼きの土人形みたいなものがあったが、あれはもっときれいだった気がする。

「妙なものですよね」

と、若旦那もうなずいた。

「だが、価値があるのだろう？」

「見る人によっては、あるらしいです」

「どういうやつが欲しがるんだ？」

「南蛮の数奇者《すきもの》が欲しがるみたいです。わが国でも、清国や南蛮の妙なものを珍《ちん》重《ちょう》する人たちがいるように、あっちにもわが国の変なものを欲しがる人がいるんです」

「ほう。高いのか？」

「変なものほど高く売れます。そっちに、いくつかありますでしょう」

若旦那は帳場の奥の棚に並んだ人形数体を指差した。

「ああ」

昼に来たとき、目をつけていたものである。

「あれなんかは、どれも二十両から三十両で引き取らせます。もっとも、船の上での取引になりますが」

「なるほどな」

「ですが、この型の泥人形は七十両から八十両の値がつくかと」

「ほう」

桃太郎と朝比奈が感心していると、

「これは、お二人にお礼です」

と、おやじのほうが、切り餅を二つ、差し出してきた。

「そんなものはけっこうだ。わしらは、若旦那の狂言をやめさせた礼金を、ちゃんともらうことになっている」

「それでもこれは」

「いや、それより、この先、こうした商売について、教えてもらいたいことが出てきそうなのだ。どうも、二件の人殺しが、これにからんでいるのやもしれぬ」

「なんと」

「わしらは、さっきも言ったように町方ではない。が、殺された者にゆかりの者で、なんとしても下手人を捜し出したい」

「なるほど」

「なので、そのときにまた、教えてくれればいい」

「わかりました」

荒海屋のあるじと若旦那は、狐につままれたような顔で見つめ合い、桃太郎に向かって頭を下げたのだった。

第三章　白い逃亡者

一

「というわけでな。あの男は、義経とは縁もゆかりもなく、弁慶に似た男を引っ張り出すために、ああいうことをやったわけさ」

桃太郎は、おきゃあたちの家を訪ねるつもりだったが、ちょうど卯右衛門のそば屋で出会ったので、結果報告と相成ったのだった。銀座の大店の女将二人もいっしょである。

「なるほどそういうこと！」

「弁慶に似た男ねえ」

「面白いこと考えたのね」

三人はかんたんに納得したが、

「でも、なんで町方に頼まなかったのかしら？」

と、銀座の女将の片割れが首をかしげた。いかにも商売上手らしく、疑問のほうもなかなか鋭い。

「それは、いろいろと自分のところの商売を探られたくないし、盗んだやつはそれが価値のあるものとわかっていないかもしれないので、騒ぎにしたくなかったのだろうな」

「そういうことですか」

「だから、もうあの義経の末裔が現われることはない」

「それがなによりです」

「思い出すたび、泣きたくなっていたんですよ」

「お見事でしたこと」

「では、これはお約束の三両」

おきゃあが預かっていたらしく、包みを桃太郎の前に出した。

「ああ。ありがたくいただくよ」

と、桃太郎はそれをきちんと巾着に入れて、軽く頭を下げた。

「わしでやれることなら、遠慮なくどうぞ」

これでまた、ときどき小遣い稼ぎがやれそうである。

「じつはね、愛坂さま」

と、さっきの銀座の女将が言った。

「もうかい？」

商売繁盛である。

「それがね、先月あたりから、妙なことがあるんです。あたしのところは、銀座四丁目で〈赤松屋《あかまつや》〉という、ちょっとした店をやってるんですけど」

「おいおい、赤松屋といったら、銀座屈指の大店ではないか」

銀座というのは、正式には新両替町《しんりょうがえちょう》と呼び、一丁目から四丁目まであるが、かつて一丁目あたりに銀座があったため、江戸っ子たちも京橋からつづくこの通りを銀座と呼びならわしている。赤松屋は、四丁目の角にある、大きな呉服屋兼小間物屋兼茶問屋兼菓子問屋で、値が張るのでも有名だが、品物もいいらしく、愛坂家の女たちも年末などにここで買い物をするのを無上の楽しみとしている。

「いいえ。なりばかり大きくても、儲《もう》けはたいしたことないんですよ。そんなことより、あたしが寝起きしているのは、銀座の店のほうではなく、三原橋《みはらばし》を渡った木挽町《こびきちょう》にある小さな家なんですが、その家の前を、夜中にときどき、真っ白になった男が、『助けてくれ』とか言いながら、逃げて行くんです」

赤松屋の女将がそう言うと、

「なに、それ？」

「やあだぁ」

「怖い、怖い、怖い」

と、女たちは騒いだ。もっとも、この女たちは、怖がりながら面白がっているのだ。

「真っ白になってだと？」

桃太郎は騒ぎのなかで訊き返した。面白がってはいない。それどころか、妙なできごとの陰には悪事が隠れていたりする。

「そうなんです。頭からぜんぶ、白粉でも塗ったくったみたいに」

「お化けじゃないのね？」

と、おきゃあが赤松屋の女将に訊いた。

「お化けは『助けてくれ』とか言わないでしょう」

「そうね」

「いつごろから？」

　と、桃太郎は訊いた。

「ひと月ほど前からです」

「何度くらいあったのだい？」

「あたしが見たのは三度かしら」

「夜中というと？」

「子の刻（午前〇時）近かったと思います。あたしは宵っぱりなうえに、寝つきが悪いので、いつもそれくらいに寝るんですが、走る音でなにかあったのかと窓を開けると、下をその男が駆けて行くんですよ」

「素っ裸というのではないよな？」

「着物は着てました」

「男だけか？」

「女は見てません」

「三度とも違う男？」

「だったと思います」

「町木戸はないのかい？」

「あるんですが、あそこの木戸番はもう八十近くて、扉も開けっ放し、ほとんど寝ちゃってるんですよ」

赤松屋の女将がそう言うと、もう一人の銀座の女将が、

「あたしんとこもそうよ。木戸番、たるんでるわよねえ」

と、愚痴った。もっとも、江戸の大方の木戸は開けっ放しで、木戸番も酔っ払い相手にいちいち開け閉めするなんてことはやらないのだ。

「ふうむ」

真っ黒というのは、まだいろいろ理由を考えやすいが、真っ白になって夜中に走る理由は、あまり思いつかない。しかも、不気味である。

「もう、あれを見てしまったら、怖くて眠れないんですよ。番屋に相談しても、そんなやつは知らないとか言って、なにもしてくれないし、町方ってとこは、なにか起きないと動いてくれないし、愛坂さまの謎ときの腕前は充分わかりましたので、ぜひ、お願いしたいの。あれはいったい、なんなのか、突きとめてくださいな」

「なるほど」

小遣い稼ぎは嬉しいが、桃子と遊ぶ暇がなくなるのはつらい。しかも、お貞殺

しとおぎん殺しの件もある。

迷っていると、

「もちろん、お礼はさせていただきますわ。引き受けてくれたら即一両、解決したらさらに二両追加ってことでどうかしら？」

「それはもう」

口を濁したが、内心は大喜びである。そば屋の卯右衛門とは、さすがに桁が違う。

二

桃太郎は、結局、引き受けてしまった。金に目が眩《くら》んだとは思いたくないが、つまりはそうなのだろう。だが、お貞殺しやおぎん殺しを調べるのには、いろいろ金もかかりそうで、懐は豊かにしておきたい。

「まずは、現地を検分させてもらおうか」

と、赤松屋の女将に、案内してもらった。

木挽町四丁目の、河岸沿いの通りには、芝居小屋だの見世物小屋だの芝居茶屋だのが並んでいるが、女将の家というのは一本裏に入ったところにあった。小さいことは小さいが、見るからに粋《いき》で、金がかかっている。女将はここで、末の娘と、女中と、三人で住んでいるという。

「いちばん最近見たのはいつだ？」

「ええと、三日前ですか」

とすると、雨はないので、足跡だの、白粉の跡が残っているかもしれない。

「ちと、地面をつぶさに見てみるよ。後で顔を出させてもらう」

「では、よろしくお願いしますね」

女将は別宅のなかへ入り、桃太郎は地面を見ながらゆっくり歩き出した。

つぶさに検分していくと、道のところどころに、やはり白粉みたいな粉がついていた。指でつまみ、ゆっくりこするようにする。鼻先に当てると、かすかにいい匂いはするが、白粉か、うどん粉かは微妙なところである。

うどん粉だとすると、なんで夜中にうどん粉まみれにならなきゃいけないのか。うどん屋の弟子が、夜中にうどん打ちの稽古をさせられるが、あまりに厳しいので、逃げ出しているのかもしれない。

——それはあり得るかもな。

だが、決めつけたりはせず、さらに歩き回る。

ここからだと、当然、芝居小屋も近い。

――ははあ。

女形《おやま》の稽古が厳し過ぎて逃げているのではないか。

すると、ちょうど女形みたいな男が通りかかった。もしかしたら、芝居には関係ない、男娼《だんしょう》かもしれないが、歩き方は芸の匂いがする。

「ちと、訊ねたいのだがな」

「なにかしら？」

「芝居の女形さんかな？」

「なにもさん付けしなくても結構よ。玉川花之丞《たまがわはなのじょう》といいます。どうぞ、お見知りおきを」

「わしは名乗るほどの者ではないのだが、やはり、女形の稽古というのは大変なのだろうな」

「そりゃあ、役者は皆、大変よ。とくに女形は、男が女を演じるわけだから、血を吐くような稽古をしますすよ」

「やっぱり」

「やっぱりというと？」

「師匠の稽古が厳し過ぎて、夜中に白粉もはたかずに、走って逃げたりもするのだろうな」

「え？」

「いや、白粉で真っ白になった男が、夜中にこの道を走って逃げて行くところを、何度か目撃されているのさ」

「それは女形じゃなくて、ただの変な男なんだと思いますけど。ふん、嫌なおじいさん」

女形は怒っていなくなってしまった。

だからといって、女形説が間違っていたことにはならない。

――もしかしたら、いまの玉川花之丞が、弟子を苛めて楽しむ悪癖でもあるのかもしれないしな。

そう思いながら、赤松屋の女将の家にもどってきた。

「なにか、わかりました？」

「道をつぶさに調べたが、やはり白粉の粉がところどころに落ちていたよ」

「そうでしょう」

「それで思ったのだが、この道の先に芝居小屋があるわな？」

「はい。〈高砂座《たかさござ》〉ですね。あそこは官許《かんきょ》の芝居小屋ではないんですが、場末上がりだけど、なかなかいい役者を揃えて、かなり人気があるのですよ」

「ほう。それで、芝居には女形も出るよな」

「もちろん」

「さっき、女形の玉川花之丞というのとすれ違った」

「ああ、はい。あたしは贔屓《ひいき》にしてるんですよ」

「ほう、そうかい。だが、その花之丞の弟子なんかが、稽古の厳しさに耐え切れず、夜中に『助けてくれ』と逃げ出していたとは考えられぬかのう？」

「ぷっ」

と、赤松屋の女将は噴いて、

「それはないですよ、愛坂さま」

「そうなのか？」

「花之丞は、弟子を苛めるなんてことはしませんし、それに逃げていたのは、とても女形になれるような男じゃなかったです。ほとんど熊」

「熊かい」

「毛脛《けずね》はもじゃもじゃで、からだつきもごつくて、あれが女形なら、この前の男だって、義経の末裔ですよ」

「そうか」

やはり違ったらしい。

「もう少し調べないとわからぬな」

と、桃太郎は出直すことにした。

三

八丁堀にもどると、ちょうど珠子が出かけるところで、

「おじじさま。半日ほど、桃子を預かっていただけますか？」

「もちろん、かまわぬよ」

赤松屋の用事はあるが、夜になってから行ってもいいし、むしろそっちのほうが、真っ白い逃げる男と出会えるかもしれないのだ。

「置屋のおかあさんが、この何日か、具合が悪いらしいんですよ。最後に、珠子に言い残しておきたいことがあるとか、大げさなことも言ってるんですって」

「そりゃあ、心配だな。ああ、ちゃんと世話をしてるから、大丈夫だよ」

桃太郎は、桃子の世話なら、ご飯でも、おしめの取り替えでも、湯あみでも、寝かしつけでも、なんだってできるのである。こうして稽古をしておけば、やがて自分のおしめも取り替えられるというものではないか。

珠子が出かけ、桃子と、猫の黒助《くろすけ》と、玉転がし遊びをしていると、

「よう、桃」

と、朝比奈がやって来た。

「うん、どうした？」

「わしもあれから、あの人形のことを思い出して、いろいろ考えたんだがな。おぎんのところにも、荒海屋が奪われたのと同じような泥人形が、いくつかあった気がするんだ」

「あったっけ？」

もう少し白茶けたものだったような気がする。

「たぶんな。ただ、殺されたときには、なんか足りなくなっていたかもしれぬ」

「ということは、下手人はあれが狙いで、おぎんを殺したのか？」

「かもしれぬぞ」

　すると桃太郎は、ふいに閃いた。

「おい、そういえば、お貞は妙な神さまを拝んでいたという話があったんだ」

「そうなのか」

「お貞は、神さまを拝んでいたのではなく、やっぱり泥人形を大事にしていたのを、見かけたやつが、拝んでいたと誤解したんじゃないか？」

「なるほど」

「ということは、ここにあったのが」

「奪われたんだよ」

　と、桃太郎は断言した。

「そういうことか」

「ちと、おぎんの家を見に行くか？」

「入れるのか？」

「大丈夫だ。いま、あの家を管理している町役人の弱みを握ったのだ」

　雨宮の悪口を聞いてしまったので、それをネタに脅せばいいだけである。

「ただ、桃子のお守りをしなくちゃいかんので、いっしょに連れて行く」

「おんぶして行くのか？」

朝比奈は嫌な顔をした。武士が赤ん坊を背負っていると、じろじろ見られる。いっしょに歩きたくないのだろう。

「いや、近ごろ、おんぶを嫌がるんだ。歩きたくてしょうがないのだろう。やっぱり、人間はじっとしているより、歩きたい生きものなんだな」

「そんな、たいそうなことでもないだろうよ」

桃子を抱っこしたり、歩かせたりしながら、桃太郎と朝比奈は、駿河台下のおぎんの家にやって来た。

町役人は案の定、桃太郎の機嫌を窺うようにして、家の封印を剝がし、

「どうぞ、存分にご検分を」

と、いなくなった。

上がる前に、桃子の汚れた足はきれいにしないといけない。桃太郎が庭の井戸端で、桃子の足を洗ったりしているうち、朝比奈が先に入って、

「桃。やっぱり、あったぞ」

と、大声で言った。

「あの泥人形か？」

「そうだ。ただ、足が欠けてるけどな。あとは、違う感じの白茶けたやつだな」

「それで、無くなっているみたいか？」

桃太郎は井戸端のほうから訊いた。

「ちょっと待て。一つ、二つ、三つ……七つ、七体あるな。この前はいくつあった？」

「そんなことまで覚えているか」

ようやく桃子の足を拭き終えて、家に上がって、八畳間に入った。飾り棚に、泥人形が並べられているのを見ると、

「あーっ」

と、桃子が大きな声を上げた。

桃太郎に抱かれたまま指を差しているのは、並んでいるなかの、荒海屋が奪われたものに似た泥人形である。なるほど、足が半分、無くなっていて、座りが悪いため、小さな台で、倒れないように工夫されている。

「それが面白いか。でも、それは、玩具じゃないぞ」

と、桃太郎は言った。

「あっ、あっ」

だが、桃子はなにか言いたげに、まだ指を差している。

「なんだろうな。こんな赤ん坊でも、この泥人形の違いがわかるのかな」

朝比奈が不思議そうに言った。

「いや。もしかしたら、桃子はこれをお貞のところで見たことがあるのかもな。それを思い出したんじゃないか」

「なるほど」

「もっとも、言いたいことも言えぬ赤ん坊の気持ちはわからんがな」

桃太郎はそう言って、桃子を下に降ろした。初めての家で、興味ありげにうろうろし始めたので、桃太郎は危なくないようついて回っている。

「桃。この並びを見てみろ。なんとなく動かしたような気がしないか？」

朝比奈は、七体の泥人形を見ながら言った。

「ああ、するよ」

七体のあいだが均等ではなく、なにかばらばらな感じがするのだ。以前、ここで見たときは、そんな感じはしなかった気がする。

「もう一体、こっちに黒っぽい泥人形があって、それを奪ったあと、適当に間隔を整えて、慌てて逃げて行ったんじゃないか」

「わしもそう思う」

桃太郎は、これで下手人に、二、三歩だけ、近づいた気がした。

四

翌日――。

朝起きると、桃太郎は魚市場のなかで漁師たちに混ざって魚の煮つけとワカメたっぷりの味噌汁で朝飯を食い、それからあの木挽町の通りに向かった。珠子は、昨日、暮れ六つ近くになってもどって来たので、桃太郎も置屋の女将の具合を聞かされたりして、結局、木挽町には行かずじまいだった。女将の具合はかなり良くないらしく、片手が利かなくなっているという。ただ、医者が言うには、いますぐどうこうはないらしいので、帰って来たということだった。

「それで、あんたに言い残したいことというのは？」

「日本橋芸者の魂を、後輩に伝えてくれと、こう言うんですよ」

「ほう」

「そんなこと頼まれてもねえ。だから、今度は蟹丸も連れてって、あのこに押しつけようかと思ってるんです」

「ふうむ」

そこらあたりのことは、桃太郎にはどうすることもできない。

木挽町にやって来ると、まずは、昨日よりさらにつぶさに、通りを見て歩いた。

道に白粉がこぼれたような跡は、昨日と同じくらいで、昨夜はおそらく出現しなかったのだろう。となると、今晩あたりは、子の刻ごろに、見に来るべきかもしれない。

白粉を売る店は、表通りにはいくつかあるが、この裏通りにはない。

——あるいは、粉屋に泥棒に入ろうとして、粉の樽にでも落ちたのか？

とも思い、二度、往復したが粉屋はない。

——そういえば、大福餅には粉がついてるな。

そう思いついて、菓子屋を探したが、それもない。そば屋は二軒もあったが、あれはそば粉ではないし、どちらもうどんはやっていなかった。となると、うどん屋のあるじの弟子苛めという線も消えたことになる。

ふと、嫌なことを思いついた。

——そういえば、阿片《あへん》の粉も白かったよな。

もしも阿片だったら、白くなるほど浴びたら頭が変になって、夜中に駈《か》け出しても、なんの不思議もない。

ただ、ああいうものは、そんじょそこらでは扱わない。しかも、真っ白になるほどの量である。

——阿片をいっぱい使うところねえ。

役者のなかには、素行不良のやつがいて、こそこそ阿片を吸う者もいるらしい。が、真っ白になるほどは入手できないだろう。

——蘭方医《らんぽうい》はどうだ？

蘭方医なら長崎に行ったりしていて、入手の手づるはありそうである。

そういえば、通りに一軒、「蘭方」の看板を出した家があった。

見に行ってみると、赤松屋の女将の家からは、十軒分ほどあいだがある。

その家の隣で、植木に水をやっている男がいたので、

「ここは流行《はや》ってるのか？」

と、訊いてみた。

「いやあ、患者が来てるのは見たことないですね。たまに、近所で倒れたりしたのが、しょうがなくて担ぎ込まれることはあるみたいですが」

「ヤブなのか？」

と、声を低めて訊いた。

「というより、まだ若いんですよ」

相手も、つられたように声を低めた。

「いくつくらい？」

「二十歳そこそこくらいにしか見えませんよ」

「それは若いな」

「危なくてかかれませんよ」

「なるほどな」

若いだけに、経験は不足しているだろう。そんなとき、腹を裂《さ》いたりする稽古をしたくなるのではないか。うろ覚えだが、阿片を使うと、痛みを感じなかったりするので、蘭方医が腹を裂いて、悪いものを取り除いたりするとき、阿片を吸わせるというような話を聞いたことがある。

その阿片をどう使うのかはわからないが、頭から全身にかけてふりかけるみたいなこともするかもしれない。ところが、稽古台にされた者は驚いて、「助けてくれ」と逃げてしまう。そういうこともあるのではないか。

――だとしたら、訊いても答えるものだろうか。

「あっしが言ったことはないしょですよ」

そう言って、隣人は家に入ってしまった。

桃太郎が戸口の前に立って迷っていると、いきなり戸が開いた。

なかに、坊主頭で作務衣《さむえ》姿の若い男がいて、

「おっ」

と、嬉しそうな顔をした。目尻に皺が寄ったので、二十歳ということはないだろう。童顔だが、三十は超えているはずである。

「あ、どうも」

桃太郎はバツの悪い顔をした。

「具合でも悪いので？」

「いや、まあ」

「診ましょう、さあ、どうぞ」

「はあ」

断わり切れずになかへ入ってしまった。

八畳ほどの板の間には、寝台があり、反対側の壁には、小さな引き出しがいっ

ぱいついた簞笥《たんす》が置いてある。そのわきの机には、医書らしい蘭語や漢語の書物が山積みされている。かなり勉強していることは間違いなさそうである。

「どこが悪いので？」

「どこということはないが、友人が肝ノ臓を悪くしてな。わしも似たような暮らしをしていたので、もしかしたらわしも悪くなっているかもしれないので」

つい、適当なことを言ってしまった。

「どれどれ？」

若い医者は、桃太郎の目をひっくり返し、手のひらや、二の腕の裏などを見た。

「黄疸《おうだん》は出てませんね。ちと、横に」

寝台の上で横にさせられ、腹のあちこちを押された。

「ふうむ。どこも硬くなっているような臓器はなさそうですが、酒はずいぶん飲むのですか？」

「付き合い程度にな」

「煙草《たばこ》は？」

「孫に煙を吸わせたくないので、近ごろは吸ってないよ」

「飯はいっぱい食べますか？」

「飯よりも野菜や魚を多く食うようにしてるよ」

「素晴らしいですね。どこで、そんな養生法を学ばれたので？」

「肝ノ臓を悪くした友人がかかっている横沢慈庵という医者に……」

「なあんだ、慈庵先生とお知り合いですか。わたしは松尾貫斎《まつおかんさい》といいまして、慈庵先生のおとうと弟子のような者なんですよ。それを早くおっしゃってくれたら」

「いや、つい言いそびれてしまって」

「では、なぜ、わたしの家の前に？」

「じつはな……」

と、桃太郎は、真っ白くなって逃げて行く男のことを語った。

「……それで、道にこぼれた白粉のことを考えているうち、蘭方医は腹を切ったりするとき、痛み止めで阿片を使うという話を聞いたのを思い出し、もしかしたらと……」

「あっはっは。阿片を使うという方法もありますが、身体じゅう真っ白になるほどふりかけたりはしませんよ。だいいち、わたしのところは商売上がったりで、患者もほとんど来ていないくらいですから、わたしの患者ではありません」

「そうだったのかい。だが、それじゃあ、暮らしも大変だな」

「いや、慈庵先生に紹介していただいた大名屋敷に出入りしているので、なんとか食べていく心配はなくなりました」

「じゃあ、わしの知り合いで病んだ者がいたら、松尾さんを紹介するようにしよう」

「ありがとうございます」

ということで、桃太郎は松尾貫斎の医院を出たのだった。

五

それから桃太郎は、三町ほどつづくこの通りを、何度、往復したことだろう。

こういうときは、とにかく数をこなすことが大事なのである。何度も何度も往復して同じ光景を見るうちに、

――おや？

と思うことがかならず出てくるのだ。

それは、調べたいことと直接関係があることではなかったとしても、ちゃんと頭や勘が働いている証拠にもなる。桃太郎は、その自信を踏み台にして、長年、仕事をしてきたのである。

その塀に囲まれた場所が気になったのは、たぶん五度目に往復したときだった。

黒塗りではないが、一間ほどある板塀で囲まれており、なかに建物はなさそうなのだ。節穴があって、あたりをはばかりつつのぞいてみても、草っ原が広がっているだけである。広さは、二百坪ほどだろうか。

ふつうなら、空き地と真っ白い男はつながらない。だが、それがつながるのが、桃太郎の頭のなかなのだ。

はす向かいに八百屋があったので、そこのおやじに、

「あそこはなんなんだ？」

と、訊いてみた。

「以前は料亭があったんですが、三年くらい前に火事で焼けて、いまは空き地になっているみたいですね。去年あたり、新しい料亭ができるという噂はあったんですが、その話も消えたみたいですよ」

「なるほどな」

桃太郎は塀に沿って、ぐるりと回った。

すると、裏道のほうに、ももんじ屋があるではないか。「薬食い」と称して、獣肉を食わせる店がももんじ屋で、じっさい肉を食うと、かなり精がつくのを、桃太郎も体験している。

そのももんじ屋が、近ごろ人気があって、江戸のあちこちに進出してきている。江戸っ子は流行りに弱いので、これが流行りだとなると、町じゅうに同じような店があふれ出すのだ。ただ、ももんじ屋は、臭いの問題があるので、江戸のど真ん中にはなかなか出て来られない。盛り場には近いが、ちょっと外れたあたりに多い。

有名なところでは、両国橋《りょうごくばし》の東詰めに近いあたりにももんじ屋があるが、あそこも川沿いにあって、臭いが川風に吹き流されたりする。

ここも、三十間堀《さんじゅっけんぼり》はすぐ近くだし、ちょっと行けば釆女《うねめ》ケ《が》原《はら》の馬場があって、獣くさい臭いに周辺の住人は慣れているだろう。

ただ、この店は両国のように店頭に死んだ猪《いのしし》をぶら下げておいたりはしていない。ここは、芝居町とも言われる、こじゃれた町なので、そういう野蛮な看板は似合わないのだろう。

桃太郎は、もう一度、さっきの八百屋に行って、

「あそこのもんじ屋は毎日やっているのか？」

と、訊いた。

「やってますが、暮れ六つごろにならないと開けませんよ」

「夜だけか」

「ええ。そのかわり、いつも賑わってますよ」

「なるほどな」

暮れ六つにはまだ間がある。店のたたずまいを眺めたあと、そっと店のわきのほうに回ってみる。奥は調理場らしいが、人の気配はない。だが、二階があって、そっちには誰かいるらしい。

二階を気にしつつ、調理場をのぞき込む。どうやら、奥の調理場と、塀で囲まれている空き地は、あいだに板塀こそあれ、くっついているみたいではないか。

——ここは怪しい。

と、桃太郎は直感した。

やっと疑惑の本命に辿り着いた気がする。

もちろん、暮れ六つになったら、食べに来るつもりだが、一人で来て、町方が調べに来たみたいにいろいろ訊いたりすると、変に警戒されたりする。二、三人で来て、さりげなくいろんなことを訊いてみたい。

六

桃太郎は、八丁堀の家にもどると、隣の朝比奈宅に顔を出し、

「留。あんた、薬食いはするか？」

と、訊いた。

「ああ、ももんじ屋か。わしも、もしかしたら獣肉は病にいいかもしれないと思って、慈庵にも訊いてみたのさ」

「なんと言った？」

「精はつくと」

「だろう」

「ただ、獣肉の脂はやはり血を汚すように思えると」

「血を汚す？」

なんだか物騒な話である。

「血が重たくなって、全身をめぐるには、あまりよくない気がすると」

「ふうむ」

「なので、愛坂さまのように元気な人はいいが、病持ちには獣肉より、魚のほうを勧めると、そう言っておった」

「わしのようにというところが、なんとなくひっかかるが、わかる気がするな」

小魚が血の道をすいすいと泳ぐ姿が目に浮かぶ。これがケダモノだと、途中で引っかかって、血の道が破れたりしそうである。

「調べごとか？」

「ああ、銀座の女将にまた頼まれてな。一人で行くと、いかにも探りに来たみたいなので、あんたを誘おうと思ったが、わかった、ほかを当たってみるよ」

「すまんな」

朝比奈のことは諦めて、自分の家にもどっていったん横になっていると、

「大殿さま」

と、駿河台の屋敷の家来である松蔵《まつぞう》が顔を出した。

「お、松蔵」

「また、牛の乳が取れたので、桃子さまに届けに来ました。大殿さまの分も置いておきましたから、あとで受け取ってください」

「おう、すまんな。松蔵、ちょうどよかった。お前、付き合ってくれ」

「どこにですか？」

「うまいものを食わせてやる」

「はあ」

松蔵の表情が翳《かげ》った。

「なんだ、嬉しそうな顔はしないのか？」

「大殿さまから、うまいものを食わせると言われて付いて行くと、たいがい毒見みたいなものだったりするので」

「いや、今日のは違う」

「なんです？」

店の前で逃げられても困るので、

「ももんじ屋だよ」

「ああ、獣肉ですか。それなら、お付き合いしますよ」

嬉しそうに言った。

「好きか？」

「そりゃあ、もう。猪や豚はもちろんですが、あたしは牛と熊には目がないんですよ。脂のうまさは、格が違います」

「そうか。たっぷり食っていいからな」

　と、二人で木挽町に向かった。

「こんなところに、ももんじ屋があるんですか？　ここは芝居小屋が並ぶところで、粋な姐さん方もずいぶん出入りするところでしょう」

「そう思うよな。わしも驚いたのだが、ほら、そこだ」

「ほんとだ」

　まだ、暮れ六つにはなっていないが、店は開いていて、肉が焼けるいい匂いが道に流れてきていた。

　二人は、それぞれ小さな樽に腰を下ろすと、

「牛か熊はあるか？」

　桃太郎があるじに訊いた。

　ケダモノというよりは、ミミズクみたいな顔をしたあるじが、

「おや、かなりの通ですね。生憎《あいにく》、熊はありませんが、牛はありますぜ」

「では、牛も鍋か？」

猪や豚は、牡丹《ぼたん》鍋といって、鍋でぐつぐつ煮て食わせるのが多い。

「いや、牛は七輪で、そのまま焼いたほうがぜったいうまいですよ。ちょっと塩を振ってもいいし、うち特製のタレで食ってもらってもけっこうです」

「よし。それで、二人前ずつ持って来てくれ」

「へい」

二人の前に七輪が置かれ、網の上で肉を焼き、焦げ過ぎないうちにつまんで、ふうふう言いながら食う。食いながら、冷や酒も飲むが、桃太郎は舐める程度である。

うまそうに食っている松蔵に、

「どうだ、屋敷のほうは皆、ちゃんとやっているか？」

と、桃太郎は訊いた。

「そうですね」

「仁吾《じんご》も、身体は大丈夫なのか？」

「はい。ここんとこやっている揉み治療がいいみたいで、歩くのにもほとんど苦痛を感じないとおっしゃってます」

「それはよかった」

このあいだまでは軽く足をひきずっていたが、それも目立たないらしい。

「ただ、ですね」

「どうかしたか？」

「元気になられますと、いろいろほかのほうも元気になるみたいで」

「まさか、また芸者に手をつけたのか？」

「いや、芸者ではないのですが、やっぱり勘弁してください」

松蔵は口をつぐんだ。

「まさか、またややができたとか」

「それはいまのところないみたいですが」

隠し孫は、桃子一人で充分である。

「今度会ったら、叱っておこう」

とは言ったが、桃太郎も息子を叱れるほど、清らかな人生は送っていない。

そこへ、斜め向こうで飲み食いしている三人連れと、ここのあるじの話が聞こえてきた。

「おやっさん。この前、働き手を捜していたみたいだが、見つかったのかい？」

「見つかったと思ったが、また逃げられたよ」

「あんなにいい給金なのに？」

「だろう？　でも、仕事がきつ過ぎるんだとよ」

「そうかね」

「なんなら、おめえ、やってみるか？」

「いやあ、あれは色男のやる仕事じゃねえ」

「へっ。まったく大の男が」

あるじは鼻でせせら笑った。

このやりとりが終わると、

「おい、おやじ。働き手を捜していると言ったな」

と、桃太郎が声をかけた。

「ええ」

「じつは、わしも働き口を捜しているのだ」

「旦那が？」

「勤めは倅に譲って隠居したが、なにせ金遣いが荒くて、いつもぴいぴいしているのだ」

「ははあ。でも、旦那は無理ですよ」

「なにが無理だ？」

「ご浪人ならともかく、旦那のような立派なお侍にはちょっと」

「わしはな、働くことに貴賤《きせん》はないという考えの持ち主だぞ」

それは嘘ではない。

「そうですか。じつは、こうももんじ屋が流行ってしまうと、猟師が獲ってくる猪だけじゃ、肉をまかない切れないんですよ」

「だろうな」

「それで、あっしのところじゃ、麻布《あざぶ》の先の野っ原に、豚の飼育場をこさえましてね、そこで百頭くらいの豚を育てているんですよ。ほとんど放し飼いなんですがね」

「そりゃあ、賢いな」

「ただ、育てるだけじゃ商売にならないんで、当然、捕まえてこっちに持って来なくちゃならないわけで、それがなかなかできないんですよ」

「豚を捕まえるのが、そんなに難しいか？」

「豚だけじゃなく、猪もいるんです。ああいうのもいっしょにしたほうが、肉に張りが出るみたいなので」

「ほう」

それは初めて聞いた話だが、なんとなく説得力がある。

「その、捕まえてここまで連れて来る仕事がやれるやつが、なかなかいないのですよ」

「なんだ、そんなことか」

「いや、旦那。食うのと、捕まえるのとは、大違いですから」

あるじは、鼻で笑った。

「わしはな、屋敷で牛を飼っているのだ」

「牛を？」

「もちろん、馬も飼っておる」

「ははあ」

「ほかに犬も猫もいれば、以前は鳩も飼っていた」

「生きものが好きなので？」

「ああ。豚や猪くらい捕まえられなくてどうする。その仕事、やれるかどうか、ぜひ、わしに試させてくれ。仕事をやるやらないは別途、相談するとして、ちと興味があるのだ」

「怪我しますよ」

「怪我が怖くて、武士がやれるか」

「猪は暴れますぜ」

「わしは、岩見重太郎《いわみじゆうたろう》を尊敬してきたのだ」

「岩見重太郎といいますと？」

「知らんのか。猪などを山ほど退治して、大坂の役でも活躍した伝説の剣豪だぞ」

岩見重太郎を尊敬していたというのは、咄嗟《とつさ》についた嘘である。しかも、岩見重太郎が退治したのは狒々《ひひ》で、猪ではない。

「そうなので。じゃあ、そこまでおっしゃるなら、まあ、試してみてくださいよ」

「わかった。何刻ごろに来ればいい？」

「店が終わるのは、四つ（夜十時）くらいですので、そのころに来ていただければ」

いまはまだ、暮れ六つを過ぎたばかりである。

「わかった」

「おっと、汚れますのでね。着古した浴衣でも着てきてもらったほうがいいと思いますよ」

「そうしよう。では、四つに」

見送りがてら、あるじは苦笑しながら小声で言った。

「怪我しても知りませんからね」

七

「大殿さまがやるとおっしゃったら止められないのはわかっていますが、せめてあたしが付き添いで来ましょうか」

松蔵が何度もそう言うのを、

「わしの相手をする暇があったら、仁吾のやることを見張っていてくれ」

「そういえば、今日は夜、用事があるとか」

「臭いではないか。そっちに回ってくれ」

「わかりました」

　ということで、桃太郎は四つ近くなって、一人でふたたび、木挽町の隅のほうにあるももんじ屋にやって来た。

　ちょうど最後の客二人が、べろべろに酔って、帰って行くところだった。

「あら、ほんとに来たんですか」

　あるじは呆れた顔で言った。

「武士に二言はない」

「でも、武士のやることでもないと思いますよ」

「そんなことは気にするな」

「では、こちらへ」

　と、裏の戸を開けた。

　やっぱり、あの空き地につながっていた。暗いなかで見ると、二百坪より広く感じる。

「刀は外してもらって、どこか隅のほうに置いといてください」

「わかった」

「暗いですか？　暗いなら、火を焚《た》きますが」

「いや、いい。わしは鳥目ではない」

半月ほどだが、雲はないので、充分に明るい。

その空き地の隅に、柵で囲われた一画があり、なかに豚が何頭かいるのがわかった。この前、のぞいたときは、角度の関係でわからなかったらしい。

「じゃあ、開けますよ。なかから出てきた豚をぜんぶ捕まえて、この柵のなかに放り込んでくれたら合格ということで」

「まかせろ」

と、桃太郎は大口を叩いた。

「行きますぜ」

と、柵の戸が開けられた。

「ぶひぶひ」

という鳴き声がして、豚たちが飛び出して来た。

豚は白いので、夜目にもはっきりわかる。ぜんぶで四頭いる。

「よおし、まずはお前か」

近くにいた体長四尺ほどの豚を、

「てぇい」

と、丸抱えすると、暴れるのも構わず、さっき出て来た柵のなかに投げ入れた。

「楽なもんだぞ」

次を物色した。

だが、なかに一頭、凄い勢いで走り回る豚がいた。

「あれは？」

豚というより猪ではないか。

「猪がいるのか？」

塀の向こうに問いかけたが、返事はない。おそらく、意地悪そうな笑みを浮かべ、節穴からこっちを見ているのだろう。

「疲れないうち、あれを片付けるか」

そんな策を立てて、桃太郎は駆け回る猪に近づいた。

「さあ、来い」

猪は、地響きを立てながら、突進してくる。しかも、猪には牙がある。あれを突き立てられたら、大怪我をするだろう。

——組み止めるよりは、うまくかわしながら、背中に乗るか。

咄嗟にそう考えた。

桃太郎は、向かってきた猪の牙を摑むと同時にひょいと跳んで、片手を離しながら身をひねり、その背に飛び乗った——つもりだった。

だが、ぽーんと撥ね飛ばされた。若いうちは、こんなことは苦もなくできたはずである。老いの悲しさを、いま、猪に教えられている。

「くそっ」

桃太郎はすばやく立ち上がり、次の突進で、同じことをもう一度、試みた。すると、次はうまく背に乗ることができた。

「ぷっ」

鼻や口に白い粉が入ってくる。猪は、白粉まみれだった。

——ははあ、そういうことか。

やってみてわかった。猪は見た目で怖がられるので、豚に似せて、白粉をかけていたのだ。

それで、捕まえようとして、白粉まみれになっていたが、結局は捕まえきれずに、逃げ出す羽目になっていたのだろう。

謎は解けた。

「ふが、ふが、ふが」

猪は、桃太郎に乗られて鬱陶《うっとう》しいのか、飛び跳ねるようにして暴れ出した。その勢いは、馬が暴れたときの凄さに匹敵する。

「どぅっ、どぅっ」

なんとかなだめようとするが、猪は馬よりも聞き分けがよくない。

桃太郎は次第に疲れてきたが、猪はまるで疲れたようすを見せない。とうとう、背中から転げ落ちてしまった。

それでも猪は、完全に桃太郎を敵か、あるいは餌《えさ》と思い込んだらしく、凄い勢いで突進して来る。背中を恐怖が走った。

「おっと、助けてくれ！」

そう叫ぶと、塀の一部が開いた。

桃太郎は置いていた刀をひっつかみ、ひたすらに逃げた。

通りを駆けて、あの女将の家まで来ると、

「助けてくれ」

と、戸を叩いた。

闇のなかを、猪が凄まじい勢いで迫って来ている気がする。あの恐怖たるや、しばらく身体に残りそうである。

二階の窓が開いた。

「愛坂さま」

女将が顔を出した。

「女将。これを見てくれ」

桃太郎は両手を広げた。

「真っ白ですよ」

「いま、前に逃げた連中と同じことをしてきた」

「おわかりになったのですね？」

「わかった。が、命拾いした」

「いま、下の戸を開けますから」

桃太郎は、開いた戸のなかに、よたよたと転がり込んだ。

八

翌日——。
桃太郎は寝起きが悪く、布団から出て一階に降りてきたのは、四つ（午前十時）近くなってからだった。

あのあと、赤松屋の女将に事情を話し、礼金をもらって、へろへろになってここへ帰って来たのだった。

一階に降り立つと、足元がふらつき、棚に手をつくと、積み上げてあったお貞の書物がバラバラっと散らばってしまった。

「おっと。情けないな、まったく」

散らばったなかに一枚、お貞が描いた絵が混じっていた。

――ん？

あの変な泥人形を描いた絵だった。目玉が丸く、大きく、瞼がまっすぐ横に描かれている。寝ているのか起きているのか、よくわからない目だが、たぶん起きている。

黒ずみ、しかも全身に青かびでも生えたような色合いは、本物にそっくりである。

「やっぱり」

桃太郎は、手を叩き、

「おい、留！」

大声で隣の朝比奈に声をかけた。

「どうした？」

「ちょっと来てくれ」

「なんだよ」

朝比奈はすぐにやって来た。

「おっ、ずいぶん疲れているみたいだな」

「そんなことより、この絵を見ろよ」

「おっ、これは」

「お貞はやっぱり、これを持っていたんだ」

「そうだな」

「しかも、この泥人形はお貞の絵に影響を与えているんだ」

「そうなのか？」

桃太郎は、この前、じっくり見ておいたお貞の絵を見せて、

「ほら、こっちの絵を見てみろ。人の顔がこんな目玉になっていたり、手足の不格好なところも似てるだろうよ」

「確かに」

「それで、ほかの絵師にはない、変な滑稽《こっけい》さとか、力強さとかも出ているんだ。お貞はこの泥人形の力で売れっ子になったんだよ」

「だったら、拝んだりするわけか」

「そういうことだな」

そこへ、珠子が桃子を抱いて顔を見せ、

「おじじさま。ちょっとだけ、桃子を」

「おお、いいとも」

桃子が駆け寄って来た。

「じいじ、じいじ」

「おう、よしよし」

「あーっ」

桃子は、ちょうど広げていたお貞の泥人形の絵を見た。

「うん、あそこにもあったよな」

だが、桃子は桃太郎の腕からのがれ、ハイハイするように、部屋の隅に行き、

「あーっ」

と、棚の下を指差した。

「どうした、そこになにかあるのか？」

それは手で持ち運べるくらいの二段になった棚で、そこにはお貞が絵を描くときに使った史料などが積んである。桃子が指差しているのは、下の段のさらに下である。

桃太郎も畳に顔をつけ、そこをのぞいた。すると、なにかある。大人の視線ではまったく気がつかないが、ハイハイしたり寝転んだりする小さな子どもだと見ることができるのだ。

「えっ、まさか」

桃太郎は起き上がり、棚全体を持ち上げて、そっと横にずらした。

そこにあったのは、まさにあの、妙なかたちで、黒ずんだような色をした、泥人形だった。

第四章　幽霊買います

一

桃子が見つけた泥人形を、桃太郎、朝比奈、雨宮、又蔵、鎌一の五人が囲んでいる。雨宮たちを見つけるのに手間取って、顔ぶれが揃ったのは、夕方になってからだった。

桃子が見つけたときは、泥人形は仰向けに横たわっていたが、いまは立たせてある。高さは八寸（二十四センチ）ほどで、変に手足が短かったりするが、たぶん欠けてしまっているわけではない。

いままで見たもののなかでも、ひときわ手が込んでいて、細かな模様がほどこされているが、全体は同じように、ずんぐりむっくりした人のかたちをしている。目は真ん丸で大きく、真ん中に横の線が入っているのは、やはり瞼のつもりなのか？

やや上を向き、口を丸く開けている。可愛く見えないこともない。髪の毛みたいなものが生えているが、炎のように逆立っているので、これは冠《かんむり》なのかもしれない。

乳がふくらんでいて、尻も大きいので、女と思われる。美人とは言い難いが、どことなく優しげで、包容力を感じさせる。なんとも言えない魅力があるのは間違いない。

素焼きなのだろうが、遠目には銅像に見えなくもない。それくらい重量感がある。

荒海屋とお貞の家でも、この泥人形は見てきたが、これがいちばん魅力がある。きれいとは言い難いが、不思議な気高さが感じられる。

もしもこの手の泥人形を集めている数寄者がいたとしたら、これはなんとしても欲しくなるのではないか。

「これはまた、見れば見るほど、妙な神さまですな」

と、雨宮が泥人形に顔を近づけてそう言うと、

「子どもが授かりますように」

と、又蔵がつぶやいて、小さく柏手を打ち、

「なんまんだぶ、なんまんだぶ」

と、鎌一はお経をあげた。

桃太郎は苦笑して、

「殺されたおぎんは、神さまでも仏さまでもないと言っておったがな」

「では、化け物？」

「おぎんは人形と言っておった」

だが、そう言う桃太郎も、これはやはりただの人形ではないような気がする。なにか、特別に強い思いが込められたもので、単に飾ったりするのではなく、拝んだりするものだったのではないか。とすれば、仏や神に近い。

「化け物の人形ということもありますよね」

又蔵が遠慮がちに訊いた。

「なるほど。そういうこともあるかもしれぬな」

だいたい、人間と化け物と神さまは、ずいぶんと重なり合うところがある。それがぴったり重なると、こういうかたちになるのかもしれない。

「いったいどれくらい前のものなのです？」

という雨宮の問いに、

「わしの家に、二百年ほど前につくられたという素焼きの人形があるが、もっとまともというと変だが、ふつうの人間のかたちをしておる。着物も着ているしな。わしの勘だが、これはまず千年ほどは経っているのではないかな」

桃太郎がたいして根拠のないことを言うと、

「千年！」

雨宮は、めまいを起こしたようなしぐさをした。

「だが、千年など、たいして長くはないぞ。わしは、五十年を振り返っても、あっという間だった。千年など、その二十倍に過ぎまい」

それは、桃太郎が最近、しばしば思うことである。「百年の重み」「千年の重み」などと時の積み重ねをきわめて大事な、犯し難いもののように言ったりするが、たかだか百年、千年に過ぎないのではないか。

「そうなので」

雨宮にはあまりぴんと来ないらしい。

「それはともかく、これをお貞はそこの下に隠しておいたわけだ。わしにはとても見つけきれなかった。桃子の大手柄だな」

「だが、隠したということは、すなわち狙われていることを知っていたわけだよな」

と、朝比奈が言った。

「なるほど」

雨宮は手を叩いた。

――手を叩くほどか。

と、桃太郎は思ったが、桃子の父にそういうことは言わない。

「荒海屋という唐物屋によれば、これは海の向こうの数寄者も欲しがるほどで、かなりの値がつくらしい」

「では、南蛮の数寄者がここまで来て？」

又蔵が訊いた。

「それはないだろう」

「では、その荒海屋が下手人かもしれませんね？」

雨宮はいまにも捕縛に向かいそうなしぐさをした。

「いや、あいつらでもないな」

疑えばきりがないが、とりあえず荒海屋の親子が、ここに来てお貞を殺してまで奪って行ったという証拠はなにもない。

「では、誰が？」

「それをあんたらが調べるんだろうが」

「そうでした」

まったくこの連中の頼りないことには、桃太郎は泣きたくなるほどである。

「だが、江戸の町にこの価値を知って、探し求める者がそう多くいるとも思えぬ。わしだって、ひと月ほど前にこれを見たとしたら、できそこないのお地蔵さまくらいに思って、道端にあっても拾いもしなかっただろう」

「ほんとですね」

と、雨宮はうなずいた。

「骨董の会を主催する江戸川屋をもう一度、突っついてもいいし、あるいはこの女武会の連中にも、訊いてみたほうがいいだろうな。あの女たちも、意外に重要なことを知っているかもしれぬぞ」

「えっ、あの女たちにですか？」

雨宮は臆したような顔をした。

「話してくれるかどうかはわからんがな。なにせ、あんたたちより先に下手人を見つけ出し、あんたたちの鼻を明かそうと狙っているみたいだからな」

「なんてやつらだ」

「そうなったら、かなりみっともないと思うぞ」

「ううっ」

「逆に言えば、あんたたちが早く下手人を挙げれば、あいつらの鼻を明かすことができるというものだろうが」

「それはそうですが、あっはっは」

なぜ、ここで笑えるのか、桃太郎にはこの男の性根こそが、大いなる謎である。

二

桃太郎は、そろそろ二階に上がって寝る刻限だが、まだお貞が仕事をしていた一階に座って、あれこれ考えごとをしていた。

お貞が、この泥人形を拝むようにして大事にしていたのは間違いないだろう。

だから、妙な神信心と誤解されたのだ。

しかも、この泥人形は、お貞の画風にもかなりの影響を与えている。二年前くらいに、お貞の画風はずいぶん変わっているが、描かれる人間の姿かたちが、どこかずんぐりして、目や尻が極端に大きく、なんとも言えない力強さや滑稽味を漂わせている。鍾馗《しょうき》さまなどは、迫力がまるで違っていた。そういうところが、戯作者や読者にも好まれ、いっきに売れっ子になってきたのだろう。

ということは、同業の者が、これを欲しがったか、あるいは売れっ子への妬みが憎しみとなったのか。

――これはもう一度、この家とお貞の持ち物を点検し直したほうがいいかもしれない。ほかに隠されたものが見つからないとも限らない。

そう思って、ぐるりと家のなかを見回した。

すると、また、あの泥人形が目に入った。

いまは、お貞の仕事机の上に置いてある。

――これを真似してつくってみようか。

と、桃太郎は思いついた。

それは、昔からの桃太郎の謎解きの手管でもあった。調べの対象になっている者の考えていることがわからないときは、その者の行動を逐一真似てみるのである。そうすると、それまでわからなかったことが、ふっと理解できたりする。

今度も、この泥人形をそっくり真似てつくってみることで、いったいなにがあったのかが見えてくるかもしれない。

そういえば、つい先日、桃子を遊ばせようと、粘土を入手してあった。だが、桃子はまだなにかをつくるほど手先が器用ではなく、それに粘土独特の匂いが嫌みたいで、さっぱり興味を示さなかった。その粘土が台所に置きっぱなしだった。二人で遊ぶつもりだったから、二体分ほどの量がある。

――よし、これでつくるぞ。

少し硬くなっていたので、お貞が使っていたまな板の上に置き、力を入れてこね始めた。いい具合に柔らかくなってくる。

かたち自体はさほど難しいものではない。すぐわきに置いて、ここが出っ張っている、ここが盛り上がっているとやっているうち、そっくりになってきた。

――わしは才能があるんじゃないのか？

さらに、首の周りにつけられた模様を、竹箸を削って細くしたもので、丁寧になぞっていく。やっているうちに楽しくなってきて、

――もう一体つくろうか。

などと思ったとき、家の外で、

「幽霊を買いに参りました」

という声が聞こえた。

――なんだ？

泥人形づくりに夢中になっていたので、ドキリとした。しゃがれた男の声だった。が、年寄りの声ではなかった。

耳を澄ますと、

「幽霊をお売りいただけるなら、金子《きんす》十両にて買わせていただきます」

そんなことも言った。

十両は大金である。そこらに幽霊は出ていないかと、思わず周囲を見回した。

――なんだ、あれは？

と、思ったが、わざわざ窓を開けて、外をのぞく気にはなれない。どうせ、悪ふざけの類《たぐい》に決まっている。

ところが、いったん遠ざかったと思ったら、またもどって来て、

「幽霊は出てませんか？　出るらしいとは聞いたのですが」

なんだか桃太郎の家に向けてしゃべっているみたいである。

——ははあ。

ここで人殺しがあったことを知って、やって来たらしい。

立ち上がって、窓を開け、外を見た。

いつの間に降り出したのか、霧雨《きりさめ》のようなものが降っている。なんとなくむしむしすると思っていたのは、この霧雨のせいだったらしい。

提灯の明かりが滲んでいる。提灯を持っているのは、三十半ばくらいか、痩せて背の高い男である。目が丸く、どことなく愛嬌がある。背中には欲張りおじいさんが背負うような、大きなつづらのようなものを背負っている。

「幽霊を買うだと？」

桃太郎は窓から声をかけた。

「はい」

「あまりいい商売とは思えぬな」

「これも、銭のため、暮らしのためでして」

「十両で買うのか？」

「はい」

「ということは、十両の元手はあるわけだ」

「もちろんです。しかも、きれいな幽霊、はっきり見える幽霊なら、さらに十両ほど上乗せもいたします」

「買って、幽霊の世話でもするのか？」

そう訊いて、桃太郎は自分でもおかしくなった。それじゃあ家畜である。

「いいえ。さらに別の人に買っていただきます」

「ははあ。お化け屋敷か？」

本物が出るとなれば、話題にもなるし、客は押し寄せて、十両くらいはすぐに回収できるのかもしれない。

「いいえ、お化け屋敷には売りません」

「では、誰が買う？」

「それはないしょです」

「だが、買うということは、そなたはそれを持っていくわけだな？」

「そうです」

「幽霊は、ものとは違うだろう。持って行けるのか？」

「これに入れます」

と、男は後ろを向いた。

なんと、背負っていたのはつづらではなく、仏壇だった。漆塗りの立派なもので、霧雨をはじきながら、夜目にも黒光りしていた。

「赤澤朝陽《あかざわちょうよう》がつくった一級品です」

上野にある有名な仏具店である。

「そのようだな」

「居心地もいいので、入ってくれるはずです」

「本気なのか？」

桃太郎は改めて訊いた。

「もちろんです」

「買ったことはあるのか？」

「まだ始めたばかりですので……。でも、数はいらないんです。一人、うまく納まってくれたらいいんです」

「ふうむ」

「ここ、出るんでしょ？」

男は窓のなかをのぞくようにして訊いた。

「いや、出ない」

「そうですかねえ。出るという噂は聞いたんですがね。じゃあ、ほかを当たってみますが、また来るかもしれません」

男はそう言って、いなくなった。

――ほかを当たる?

桃太郎は、おぎんのことが気になった。あの殺しについて書かれた瓦版も出回ったので、知っている者は多いはずだった。

三

昨夜の雨は、朝になるとすっかり上がって、快晴になっていた。もしかしたら梅雨に入るのかと鬱陶しい思いもあったが、それはまだ先らしい。

魚河岸で、たっぷりのマグロの刺身とワカメの味噌汁で、小さな茶碗に一杯だけ飯を食い、それからおぎんの家を見に行くことにしたが、その前に駿河台の屋敷に立ち寄った。この前、中間の松蔵から聞いた話が気になっている。

門を入って、母屋には上がらず、裏の牛小屋に行こうと思ったが、やけに静かである。

庭に面した廊下のところからなかをのぞくと、ちょうど松蔵がいた。

「おい、松蔵」

静かにしろというように、人差し指を口に当てながら、手招きをした。

「これは大殿さま。この前は、大丈夫でしたか？」

「なあに、あんなのはどうってことはない。わしは若いころ、暴れ牛にだって蹴られたことがあるのだ」

猪に追われたのも怖かったが、暴れ牛の怖さも凄まじかった。

「まあ、とりあえず無事だったようで、よかったです」

「そんなことより、仁吾のほうはどうだった？」

声を低めて訊いた。

「わたしも家来として、たいへん心配ではあるのですが」

「なんだったのだ？」

「逢引きでした」

「やっぱり、そうか。で、どこの女だ？」

金で解決できるなら、早いところそうしたほうがいいだろう。

「どこの女というか……」

「なんだ？」

「わたしから聞いたことは内緒ですよ」

「むろんだ」

「ここの女なんです？」

「この女？　女中か？　女中に手を出したのか？　それは最悪だぞ」

桃太郎は慌てて言った。女中とできていたら、あの富茂《とも》にかならず悟られてしまう。そうなったら、どういうことになるか。三人の孫を連れて里帰りは間違いないだろう。それで、孫を返して寄こすか、そこが問題である。下手したら、愛坂家は跡継ぎがいなくなるかもしれない。

だいたいあるじたるもの、身内の女には手を出すものではない。向こうは怖くて断われないのだ。それは、男としてやっては駄目だろう。桃太郎もいろいろ悪さはしたが、身内に手を出したことは一度もない。

「女中じゃないんです」

「女中じゃなかったら、ほかに誰がいる？　あとは、女といったら、通いの飯炊き婆さんしかおらぬだろうが」

その飯炊き婆さんは、あまりにもうまい飯を炊くので、千賀《ちか》が料亭から引き抜いてきたのだ。

「そうですよ」

「えっ。あの婆さんに手を出したのか？」

惚れた腫れたに歳は関係ないが、それにしてもあの婆さんは、七十は行っている。

「いや、さすがにそれはないです。その婆さんが、この前、身体を悪くして、十日ばかり休みましてね。かわりに婆さんの孫娘が、通って来ていたのです」

「それか？」

「ええ」

「いくつだ？」

「十七です。ぽちゃぽちゃっとして、可愛い娘ではあるのですが」

「それに手を出したのか。馬鹿か、あいつは」

「いや、まだ、手は出していないみたいです。ひどくご執心なのは確かなんですが」

「だが、逢引きをしたのだろうが」

「そうなんですが、そのときは通いではなく、屋敷に入れと口説《くど》いていたんですよ。給金は相場の倍は出すからと」

「そんなもの入れたら大騒ぎになるぞ」

「わたしもそう思います」

「千賀や富茂は知っているのか？」

奥をのぞきながら訊いた。

「大奥さまと奥さまは、今日は琴の会で出かけています。もちろん、まだご存じではありません。ことは起きようとしていますが、まだ起きていませんから」

「そうか。だが、それはなんとかせねばならんな」

「大殿さまが？」

「うむ。考えておく」

まったく、この糞忙しいときに、くだらぬ問題をつくりおってと、桃太郎は憤慨した。しかし、振り返れば、いつもそうだった気がする。大事な問題が二つ三つ。くだらぬ問題が二つ三つ。それをいつも背負ったり、ぶら下げたりしながら生きてきた。

人生というのは、そういうものかもしれない。

屋敷を出て、駿河台の坂を下り、神田三河町の番屋にやって来ると、

「これは愛坂さま」

例の町役人が、怯えたような顔をした。なにか、隠しごとがありそうである。

「近ごろ、おぎんの家に、変な男が来なかったか？」

「来ました。ええと、一昨日の夜でしたか、ここらをうろうろしてまして、あんたは誰だと声をかけると、そこの家に幽霊は出てないかと、おぎんの家を指差しまして」

「そいつは、仏壇を背負ってたか？」

「背負ってました。仏具屋の行商かなにかですかね」

やはり、あいつは来ていたのだ。数はいらない、一人納まればいいとか言っていたが、それも当てにはならない。

「それで、なんと答えた？」

「そんなことは知らないと答えました。すると、いまの家の持ち主を教えてくれと言われまして」

「教えたのか？」

いったんはおぎんのものになったが、亡くなってしまったので、ふたたび山中屋にもどっているはずである。

「はあ。まずかったですか？」

「ふつうは、うさん臭いやつには、なにも教えんわな」

「すみません」

と、町役人は肩をすくめた。

だが、さっきの怯えたような顔は、これがためではない気がする。

「ほかに隠していることはないよな？」

桃太郎は、町役人の目を見ながら訊いた。

「あ……」

町役人の目が泳いだ。

「怒らないから言ってみろ」

これでは子ども相手であるが、町役人はホッとしたように、

「じつは、この前、来ていた町方のご妻女たちが、またお見えになられまして」

「なかに入れたのか？」

「はあ」

「あの女たちは、別に役目でやっているわけではないのだぞ。入れては駄目だろうが」

桃太郎は、自分のことは棚に上げて言った。

「でも、与力の高村さまの許可状を持って来られたので」

「なんてやつらだ」

「もちろん、なにも持ち帰ったりしないよう、気をつけて見張っていました」

「どこらを見て回った？」

「あの、変な人形を並べた棚がありましたでしょう。あそこをじいっと見て、やっぱり一体、減っている気がするとか、おっしゃってました。あとは、ざっと見ただけでしたよ」

「ふうむ」

どうも、あいつらもいいところを突いてきているのかもしれない。女武会、意外にあなどってはいけない。

桃太郎は、それから石町《こくちょう》の山中屋へ向かった。あの幽霊買いの真意が気になり出している。もしかしたら、下手人と結びつくのかもしれない。

この前の通りは何度も歩いているが、改めて山中屋を眺めたことはなかった。やはり、たいした大店である。

茶問屋と豆の問屋を兼ねている。さらに、ふつうは薬屋が扱う砂糖も扱っているらしい。当然ながら間口も広い。通りの角にあるので、店は正面と側面につながるかたちになり、ぜんぶ合わせると、間口は二十間ではきかないかもしれない。

大店とは聞いていたが、これほどとは思わなかった。これなら、隠居の家などおぎんにくれてやっても、どうということはなかっただろう。

「あるじはいるかね」

店先で手代に訊いた。

「どちらさまで？」

「かつて目付をしていた愛坂という者だ。三河町のおぎんさんの知り合いでね」

「おぎんさん？」

「亡くなった隠居のお妾だよ」

「あ、失礼しました。少々、お待ちを」

帳場のところに行き、いまのやりとりを伝えたのだろう、あるじは立ち上がって、こちらにやって来ると、店先で座り直した。

「あるじの久右衛門《きゅうえもん》でございますが」

「すまんな。忙しいところを。じつは、わしは以前、目付をしておって、そのころ、三河町のおぎんさんと知己を得ておったのだ」

「おぎんは殺されましたが」

「そうだな」

「残念なことでした。おぎんは、気持ちのいい女でしたし、手前のおやじもよくしてもらっていて、老後は幸せにやっていけるだろうと思ってました。ところが、おやじは事故で亡くなり、さらにおぎんはあんなことに……」

確かにおぎんは、この店でも信頼されていたらしい。

「それでな、以前から縁があったし、町方にわしの親戚もいる関係で、おぎん殺しの下手人をなんとか捕まえたいと思って、いろいろ動いているのさ」

ここは正直に、自分の立場を語った。

「そうでしたか。わたしのほうも、下手人が捕まるまで、おぎんの家はあのままにしておいて欲しいと言われて、そうしているのですが」

「うむ。それも承知しておる。それで、近ごろ、あの家に妙なやつが来ていてな。おぎんの幽霊がどうのこうのと言っておるのだ」

「あ、来ました。おぎんの幽霊が出ているなら、買いたいと」

「そうか」

「出ているところを捕まえたら、あっしがもらってもいいですねとも言ってました。なんですか、あれは？　頭がおかしいやつなんでしょうね」

「それがよくわからんのだ」

いわゆる、頭がおかしいのとはちょっと違う気がする。

「本気で相手にはしなかったのですが、また来たら、いくらかやったほうがいいのでしょうか？」

「たぶん、ここにはもう来ないと思うがな」

「そうですか」

「わしのほうで真意を確かめ、なんとかするよ」

「よろしくお願いします」

たぶん今宵は、おぎんの家に現われる気がした。

四

桃太郎は、いったん八丁堀の家に帰って、桃子と遊ぼうと思ったが、どうやら珠子といっしょに出かけたらしく、仕方なく泥人形づくりのつづきをした。それから夕方になって、三河町にやって来た。

晩飯はまだなので、ここもすっかりなじみになったそば屋の〈やぶ平〉に入り、これもおなじみの、魚やエビを多くした天ぷらの盛り合わせに、少なめのざるそばを頼んだ。

食べながら、窓の外を見る。おぎんの家に近づく者は、ここから見張ることができる。

天ぷらを先に食べ終え、そばをたぐりながら、

「おぎんの幽霊が出るとかいう噂はあるのか？」

と、おやじに訊いてみた。するとおやじは、

「噂は聞きませんが、そりゃあ出るでしょう」

と、当然のことのように言った。

「そうなのか？」

「だって、あんなきれいで若い女が、殺されたんですよ。この世に未練を残さなかったわけがないでしょう」

「それはそうだ」

「だったら、出るでしょう」

「ふうむ」

もしかして、その未練には、愛坂さまに面倒見てもらいたかったという望みも入っていたかもしれない。

——だとしたら、おぎんはわしのところに出て来てもよさそうである。

だが、そんな気配はまったく感じない。

「だいたい、幽霊ってのは、出てもらいたいやつのところには出ないんですよね」

「そうなのか？」

「あたしなんか、もう幽霊にはぜひ出てもらいたいですよ。おぎんさんの幽霊なんて大歓迎で、なんならずうっといてもらいたいくらいですよ」

「……」

金のいらない妾にでもするつもりらしい。

「してみると、幽霊ってのは借金取りみたいなものですね」

「どこが？」

「だって、借金取りは来て欲しくないと思っているところに来るでしょう。そんなもの、いくらでも払ってやるという大金持ちのところには来ませんよ。ね、似てますでしょ」

「あんたの話は、相当くだらないぞ」

と言いつつ、桃太郎は思わず笑ってしまった。

ふと、窓の外に目をやると、

「ん？」

おぎんの家のあたりで、箱を背負ったような影が動いたのだ。

「どうしました？」

「急な用事ができた。じゃあな、おやじ」

代金を払って、そば屋を出て、そっとおぎんの家に近づいた。

やはり幽霊買いの男がいた。さすがに、封印を破ってなかに入ることはせず、戸の前に仏壇を置いて、自分はそのわきの植栽《しょくさい》の陰にひそんだ。

手を合わせて、なにかぶつぶつ言っている。どうやら、幽霊に出てきてくれと、拝んでいるらしい。

ほとんど釣りと変わらない。餌と浮きをつけなければ駄目だと言ってやりたい。

だが、幽霊買いは、本気であることはわかった。

──どうしたものか。

と、桃太郎も陰に潜んで見守っていたが、しばらくして、晴れた夜空を見上げ、

「今日は出そうもないな。やめとくか」

と、幽霊買いは、仏壇を背負い直した。

後をつけることにした。

仏壇をかついだまま、日本橋のほうに向かって行く。これが上野《うえの》のほうに行かれると、帰りが遠くなるので、途中で諦めるかもしれないが、こっちに来てくれるのはありがたい。

日本橋を渡り、大通りを進む。京橋を渡って銀座に入り、まもなく左に折れた。ますます好都合である。

幽霊買いが足を止めたのは、三丁目の裏のほうで、小さな稲荷神社の隣にある飲み屋だった。なんとなく高そうな店だが、男はのれんを分けて、なかへ入って行った。

「おや、伴蔵《ばんぞう》。お帰り」

という声がした。この店の者なのか。伴蔵という名前らしい。

にぎやかな店で、外まで声が洩れてくる。客はせいぜい四、五人ほどだが、顔なじみばかりの店らしい。

ときどき、

「なに、クヨクヨしてるんだい。もっと飲め、もっと飲め」

と、大きな声をあげるのは女将らしい。のれんの隙間からのぞくと、女将はかなりの歳である。七十はゆうに過ぎているだろう。

伴蔵はというと、いったん奥に行って、仏壇は置いてきたらしく、いまは酒の燗《かん》の番をしているようだ。やはり、この店の者なのだ。それがなぜ、幽霊買いなどをしているのか。

それにしても、楽しそうである。

女将のほかに女はいないのに、これだけ楽しげだというのは、よほど酒がうまく、肴もよく、客同士が和気藹々《あいあい》なのだ。

――入ってみようか。

と、桃太郎は思った。別に、あの伴蔵に見つかったとしても、たまたまということにすればいい。それくらいの小芝居は、桃太郎は得意である。

ところが、のれんを分けると、店の用心棒みたいな馬鹿でかい男がすっとそばに来て、

「どなたのご紹介で？」

と、訊いてきた。

「いや、ただの通りすがりさ。あんまり楽しそうなんでな」

「あいにく、ここは一見の客はお断わりしてまして」

「そうなのか。それは残念だ」

チラリと伴蔵を見ると、この人、どこかで見たよなあという顔をしていた。

五

昨日は、丸一日、出払っていたので、桃子の顔すら見ることができなかった。

一日、桃子と会わないと、どうも一日を生きた気がしない。

――また、こうなって、しまったか。

ほぼひと月、我慢して桃子と会わなかったときの自分が信じられないくらいである。あのときの自制心はどこへ行ってしまったのか。

珠子が洗濯と買い物をするあいだ預かるということで、手を引いて歩いていると、赤松屋の女将とばったり出くわした。

「ああ、よかった。しかも、桃子ちゃんもごいっしょで」

「どうかしたかい？」

「いえね。いま、京都の女の子のあいだで凄く流行っているという柄があって、それを桃子ちゃんに着てもらおうと思って、お持ちしたところなんですよ」

「それは、それは」

ちらりと見せてもらうと、みかんを輪切りにしたような柄の小紋だった。確かに可愛らしく、桃子に似合いそうである。生地を買い足して、自分の浴衣もつくり、桃子とおそろいにしたら変だろうか。

「愛坂さまには、これからもお願いしたいことが出てくると思うので、おきゃあさんたちに愛坂さまの喜びそうなことを聞いたら、それには桃子姫に貢ぐのがいちばんと伺ったので」

「あっはっは、それは鋭い見方だな。だが、姫はよしてくれ。この子は巷《ちまた》で逞《たくま》しく生きていってもらわぬといかんのでな」

「はいはい」

「それより、わしも女将に訊きたいことがあった」

「なんでしょう？」

「じつは、銀座の三丁目を三十間堀のほうに来る途中に、小さな稲荷神社があって、その横に飲み屋があるのさ」

「ああ、おれんさんの店でしょ」

女将はすぐに言った。

「七十過ぎの婆さんがやっている店だぞ」

「ええ。おれんさんは、銀座の名物女将で、とんでもない大金持ちですよ」

「赤松屋の女将が言うくらいかい？」

「あたしのところは、図体ばかり大きいのですが、出るものも多いし、儲けはたいしたことないんですよ。でも、おれんさんは、銀座一帯に家作を百を超えるくらい持っていて、その店賃の上がりだけで、うちの売上を上回るくらいなんですから」

「そうなのか」

それは凄い。だが、あの女将は、とくにきらきらの衣装を着ていたわけではなく、木綿《もめん》らしい地味な浴衣姿だった。

「しかも、あの店は、ふつうの飲み屋に見えるけど、酒も肴《さかな》もタダなんですよ」

「タダ？　タダより高いものはないと言うぞ」

「それは大丈夫なんです。あれは、おれんさんの道楽で、面白い話やいい話を聞くために、自分が認めた人だけが出入りできる店なんです」

「一見の客は駄目と言われたよ」

「でしょう。それも、単なる客の紹介じゃ駄目なんです。おれんさんが面白いと思った人でないと、あの店には入れないんです。なんでも、歌舞伎役者の誰だっけかは、素行が良くないというので、出入りは許されてないし、戯作者の……」

と、赤松屋の女将は有名な名前を耳打ちして、

「戯作がつまらないからって、やっぱり出入りさせてもらえないんです」

「そうなのか」

「でも、絵師の北斎《ほくさい》さんや歌川国芳《うたがわくによし》さんは、よく来てますよ」

「ほう」

「ご紹介しますよ」

「誰を？」

「ですから、おれんさんに愛坂さまを」

「それは駄目だ。わしはぜったいに断わられるよ」

「どうしてです？」

「わしは若いころは、皆に、お前はワルだの、不良だのと後ろ指をさされてきた男だぞ。そんな狭き門をくぐれるわけがない」

「大丈夫ですって。愛坂さまなら、ぜったい大丈夫」

「そこまで言われて、やっぱり駄目だと言われたら、傷つくだろうが」

「傷つきます？」

「こう見えて、わしは意外と傷つきやすいのだ」

桃太郎がそう言うと、赤松屋の女将は、のけぞるようにして笑った。

「じゃあ、打診しておきます」

「ちょっと待て。その前に訊きたいが、おれんが身内の者を使って、幽霊を買い集めているということはあるかね？」

「幽霊を買い集めるってなんです？」

「わしもわからんのだが、近ごろ亡くなった女二人のところに来て、幽霊が出ているならそれを買いたいという男がいて、おれんの店に出入りしているのだ。客というより、ほとんど店の者というようすだったのでな」

「そんな話は知りませんねえ。だいたい、おれんさんは、一見したところは豪快な女傑《じょけつ》ですが、ちゃんと良識もわきまえた方ですよ」

「そうか。では、わしがその件について知りたがっていることは、ないしょにしておいてくれ」

「はあ」

赤松屋の女将は、不思議そうに首をかしげた。

ところが、意外なことにそれからほどなくして、赤松屋の女将から連絡が来て、

「ぜひ、お会いしたいので、おれんさんの店に来てくれとのことです」

とのことだった。

であれば断わる理由はない。

夕方──。

蟹丸のところに立ち寄って、豆腐を三丁ほど買い、これを手土産におれんの店を訪ねた。桃太郎には珍しい気遣いである。

まだ、のれんは出ていないが、おれんは樽《たる》に腰かけて、桃太郎を待っていたらしい。店の奥では、あの身体の大きな男と、それから伴蔵が、肴の下ごしらえをしているところらしかった。

「これは、肴の足しにでもしてくれ」

「あら、まあ、けっこうなものを」

銀座に家作を百以上持っているというおれんは、ちゃんと嬉しそうな顔をしてくれた。確かに金持ち面したお気取り婆さんではないらしい。

「すみません、お呼びたてしてしまって」

「なんの、こちらこそ」

「赤松屋の女将さんから、愛坂さまの話を伺いましてね」

「素行が良くないとか、ワルだとか？」

「いえいえ、そんなことは聞いてませんよ。謎解き天狗だって」

「それは他人が勝手に言うことでな」

「いいえ。これまで解いたという謎もお聞きしましたよ。猫の見分け方の謎とか、よみがえったお汁粉の謎とか、帯切り屋の謎とか」

「ああ、あれな」

「ほんと、素晴らしいっ！」

おれんは両手を前に合わせ、拝むみたいにしながら、甲高《かんだか》い声で言った。

「いや、そんな感心するほどのことではないよ」

「いいえ。しかも、愛坂さまとあたしは気が合うってこともわかったの」

「わしとおれんさんが？」

気づかれないように少しだけ後ろに下がった。おれんのまなざしが、妙に熱い。

「愛坂さまは、魚や豆腐、それに野菜はたくさん召し上がるけど、ご飯やそば、うどんなどは、そこそこにしか召し上がらないって」

「ああ、それな」

「あたしも、そうしてるの」

「そのほうが身体が軽いだろう？」

これは実感なのである。

「ほんとにそうですよね。あたしは、それをここに来ているお客の話をいろいろ聞いているうち、これだと思ったわけ。ここには、医者や蘭学者も何人も来てるんですよ」

「そうなのか」

「それに、愛坂さまは、朝晩、念入りに身体の筋伸ばしをなさるんですって?」

「そうだな。それをやると、疲れもとれるのでな」

「それもいっしょ。だから、おれんさんは歳にしたら、驚くほど身体が柔らかいし、動きに切れがあるって言われるんです」

「うんうん」

「もう、ぜひ、ここに来てくださいな」

「いいのかい?」

「そのかわり、ここは無礼講ですよ。町人や絵師たちから、言いたいことを言われても、怒ったりはなさらないで」

「そんなことは平気だよ。北斎も来るとは聞いたがな」

「来ますよ。もっとも、北斎さんはお酒は飲みませんけどね。お茶飲んで、刺身食べてますよ。しかも、相当、理屈っぽくて、宇宙の話なんかし出すときりがないですよ」

「それは楽しみだ」

「それよりね、いずれお願いすると思いますが、あたしは愛坂さまに、大きな謎を解いていただきたいの」

おれんは両手で円を描くようにして言った。

「大きな謎？」

「そう。猫の見分け方の謎も素晴らしいし、よみがえった汁粉の謎も素敵でした。でも、それは小さな謎。謎解き天狗なら、天空を飛ぶような大きな謎を解いていただきたいの」

「ううむ、それはわしには無理だと思うぞ」

過剰な期待は面倒である。しかも、それで桃子と遊ぶ暇がなくなるなら、そんな謎は解かなくてもかまわない。

「いいえ、愛坂さまなら、やれる気がする。とにかく、今日はご挨拶だけ。いま、のれんを出しますから、好きなだけ、飲んで行ってくださいな」

「そうか。じゃあ、お言葉に甘えて、ちょっとだけ」

桃太郎がそう言うと、奥のほうからあの伴蔵が、じっとりした目でこちらを見つめていた。

六

桃太郎は、楓川《もみじがわ》沿いに川風に吹かれながら、家に向かっている。久々に酔った気がする。それはあれだけいい酒と、うまい肴を出されたら、飲み過ぎてしまうのは仕方がない。

しかも、噂どおりに、あの葛飾《かつしか》北斎が来ていたのだ。

ほんとに酒は飲まず、刺身をうまそうに食べ、顔なじみの客と、虎のことを話していた。見たこともない生きものについて、まるで育てたことがあるみたいな話をしていた。

桃太郎はおれんの紹介で、軽く挨拶だけはかわしたが、親しく口を利くまでは、時間がかかりそうな感じだった。

新場橋を渡り、坂本町の手前に差しかかったときである。

——ん？

後ろに気配を感じた。

こうした勘は、むしろ若いときより鋭くなっている気がする。ただ、それに反応する身体の動きは鈍くなっているのだ。

坂本町のところで曲がるとき、横目で後ろを見た。

——ははあ。

案の定である。伴蔵がつけて来たのだ。

手に棒のようなものを持っている。あれで、わしを叩く気らしい。あんなやつに襲われると思ったら、鼻唄でもうたいたくなってきた。

〽お前百まで　わしゃ九十九まで
皺《しわ》でも数えて過ごそうか

と、でたらめな唄をくちずさむ。

隙を見せているつもりだが、それでもなかなかかかってこない。

わが家が近づいて来たとき、ようやく、後ろから突進してきた。

数歩前に出てから振り返り、手にしている棒が竹竿だと見極めると、刀は抜かずに、ひょい。

と、跳んでかわした。

どうやら、桃太郎の足を狙ったらしいが、軽くかわされたので、つんのめるように桃太郎を追い越していく。そこを、すばやく足をかけて払った。

「うわあ」

身体が横転し、そのまま地べたに落ちた。それでもまだ、竹竿を振る元気は残っていたらしく、桃太郎の足を狙ってきたので、ここでようやく刀を抜き、竹竿を真っ二つに斬った。これで、太鼓くらいは叩けても、人を殴るには短過ぎるくらいになった。

「ひえっ」

さらに、剣先を伴蔵の顎のところに当てた。

「何者だ？」

わかっているが訊いた。伴蔵は、手ぬぐい二枚で覆面みたいに顔を覆っているので、訊いてやるのが礼儀だろう。

だが、問いには答えず、

「勘弁してください」

「こんな年寄りを襲うやつなど、勘弁できるか」

「どこが年寄りですか」

「きさま、幽霊買いの伴蔵だろうが」

「なぜ、それを？」

「わかるわ。おれんの店から、ずっとつけて来たであろう」

「それもご存じでしたか？」

「なぜ、わしを襲った？」

「それは……」

伴蔵が言い淀んだとき、後ろから足音がして、見ると、ちょうど雨宮たちが帰って来たところだった。

「あ、おじじさま。どうなさいました？」

「わしは、こいつに殺されそうになったのだ」

と、桃太郎は言った。

「なんですって」

「その竹竿で、後ろからわしを殴り殺そうとしたのだ」

桃太郎がそう言うと、

「滅相もない。殺そうとなんかしてません。ちょっとだけ足に怪我をさせて、しばらく動けなくしようと思っただけで」

確かに、竹竿は桃太郎の足のほうに向けられていた。

「馬鹿者。いくら狙っても、こういうことには弾みが付きものだ。竹竿につまずいて転び、そのまま寝たきりになって亡くなることは、年寄りにはよくあるのだ。そうなったら、お前に殺されたことになるだろうが」

「相済みません。でも、愛坂さまにそんなことはあるまいと思いまして」

このやり取りを聞きながら、伴蔵の手ぬぐいを外し、提灯を近づけた又蔵が、

「あ、こいつ、うらめしやの伴蔵ですよ」

と、言った。

「うらめしやの伴蔵？　やっぱり悪党か？」

桃太郎が訊くと、

「悪党というほどの者じゃありませんが、女の一人住まいを見つけちゃ、幽霊が見えるだの、呪われているだのと言って脅し、くだらぬお札を売りつけているんです」

と、雨宮が言った。

「それは立派な悪党だぞ」

「お札は五十銭なんですが」

「銭の多寡《たか》は問題ではない」

とは言ったが、だいぶみみっちい悪事である。

「いっぺん小伝馬町《こでんまちょう》にぶち込まれて、もうそれはやらないということになっていたのですが、また始めたのですかね」

「今度は、もう少しひねったやつでな。幽霊を買いますと言って回ってるんだ」

「幽霊を買います？」

「しかも、おぎんのところにも現われたのだ。もしかしたら、お貞とおぎんを殺したのは、こやつかもしれぬぞ」

桃太郎はニヤッと笑って言った。もちろん、下手人が、殺した女のところに、幽霊を買いになど来るわけがない。

「そんな馬鹿な。あっしは、瓦版で読んで、もしかしたら出るかと思って行っただけですよ」

伴蔵は必死で弁解した。

「じゃあ、なぜ、わしを襲った？」

「それは、もしかしたら愛坂さまが、おれんさんに信頼されて、幽霊探しの役を奪われるかもしれないと思ったんですよ。いま、おれんさんは、あっしの大事な飯のタネなんです。牢を出てから、ずっと食うのに苦労してたら、やっと出会えたんですから」

「じゃあ、幽霊買いの商売は、おれんさんが考えたのか？」

「商売と言っても、買うのはおれんさんだけですよ」

「なにがしたいのだ、おれんさんは？」

「つまり、おれんさんは、死ぬのが怖いんですよ」

「そうなのか」

　それは意外だった。

　あの磊落《らいらく》そうなしゃがれ声で、冗談ばかり言っている女傑が、死に怯えているとは思わなかった。だいたいが、あれだけ元気なら、あと十年は死にそうもないではないか。

「だって、おれんさんは金には恵まれてますが、亭主も早く亡くなり、一人娘も十歳くらいのときに亡くなってしまいました。いまは天涯孤独の身なんですよ」

「では、おれんさんが亡くなったら、莫大な財産はどうなるんだ？」

つい、余計なことを訊いてしまった。

「それはもう、決まってるんです。小石川《こいしかわ》の養生所にすべて寄贈して、あそこに貧乏人を収容する施設と、親を亡くした子どもを収容する施設をつくることになってるんです。だから、悪党もおれんさんを殺して、財産を奪おうなんてことは考えないわけです」

「ほほう」

「だいたい、あたしはもう欲しいものはなんにもない。こうして、毎日、気の合った人と楽しく酒を飲んでいられたらいいと言っているくらいで」

「なるほどな」

欲がなくなっているというのは、桃太郎もほぼ、いっしょである。いまは、桃子が無事に成長するのを見守っていたいだけで、金を稼ぐのもそのためなのだ。

ただ、たまに女にもてるのは、嬉しくないことはない。

「ところが、それでもいずれ、死ぬときはやってくる。それが恐ろしくて、たまらないんだそうです。あたしがこの世からいなくなるのが信じられない。そんなことはあり得ないし、ぜったいにあって欲しくないと。一人になったときのおれんさんの怯えようときたら、可哀そうになるくらいですよ」

なまじ金の悩みがなくなり、欲しい物はなんでも手に入れられるようになると、そんなことになるのかもしれない。

「あの世は信じていないのか？」

「それなんですよ。あの世、あの世というけれど、誰一人、あの世から帰って来て、あそこはこうだったと教えてくれる人はいないと」

「まあな」

「魂があるという人もいるけど、その魂も見た人はいないでしょと」

「いないわな」

「でも、ほんとに幽霊がいるとわかったら、それは魂があるという証明になるじゃないですか」

「幽霊が魂かどうかはわからんがな」

「でも、死んだらそれっきりではないということになりますよね」

「なるほど」

突っつくときりはないが、おれんが思いたいことはわかる。

「そもそも、あっしが牢に入ったのは、おれんさんになにかが見える、幽霊がついてるって脅したのがきっかけだったんです」

「それで、すぐに町方に連絡されて牢に入ったんですが、出たあと食うに困っていたとき、おれんさんが声をかけてくれましてね。あんた、幽霊を本気で探してみないかいって」

「そういうなりゆきだったのか」

どうやら、桃太郎に解いてもらいたい大きな謎というのは、人は死んだあとどうなるかという謎だったらしい。だが、そんな謎が、解けるわけがない。

「そうなのか」

七

――どうしたものかな？

と、桃太郎は思った。

そのうち、おれんに直接頼まれるに違いない。

「はたしてあの世はあるのか、愛坂さま、探っていただけません？　お礼なら、千両でも、二千両でも」

などと、言ってくるのだろう。

もちろん、桃太郎にそんな謎を解こうという気持ちはない。そんな暇があったら、桃子と遊んでいる。

だいたいが、あの世のことなど、考えてもわからないのだ。人の頭など、たいしたものではないし、その謎は人智を越えたところにある。

そう思えるようになったら、おれんもたぶん、とんでもない謎を桃太郎におっつけたりはしないのではないか。

——そうだ。

一つ案が浮かんだ。

「伴蔵。わしを襲ったことは、なかったことにしてやる」

「ほんとですか」

雨宮たちは、それを聞いて、

「じゃあ、おいらたちは引き上げますので」

と、いなくなった。

「それでな、なかったことにするかわり、やって欲しいことがある」

「どうするので？」

「幽霊が出るというので、お前はおぎんの家をずっと張り込んでいたことにするのだ。じっさい、それはやってるよな」

「はい」

「すると、おぎんの家の前に、ぼーっと女の影が現われた」

「ときどき、そんな気がするときはありますよ」

「影は、うらめしや、とつぶやいた」

「うらめしや、と……」

「それで、その影がピカピカッと光ったかと思うと、お前は倒れていたんだ」

「幽霊に打たれたんですかね」

「解釈はしなくていい。それでお前は、気味が悪くなって逃げようとしたが、担いでいた仏壇がなんだか重くなっていることに気がつくのだ」

「はあ」

「なかには、いまからわしが持って来るものが入っていたのだ。よいな。これは、誰が入れたのでもない。お前が気がついたとき、そこに入っていたのだ」

「わかりました」

　桃太郎はいったん家に入り、それを持って来た。

　それは、桃太郎が似せてつくった、あの泥人形だった。桃太郎が見ても、感心するほど、いい出来になっていたのである。

「なんですか、これは？」

「わしにもわからぬ。だが、これがお前の仏壇に入っていた。わかったな」

「はい」

伴蔵は神妙な顔でうなずき、とぼとぼとおれんの店に帰って行ったのだった。

ただ、この桃太郎の悪戯《いたずら》みたいな仕掛けは、ちゃんと効果を発揮したのである。

それから十日ほどして、桃太郎はおれんの店で飲んでいた。目当ての北斎は、今日も来ていて、同じ知り合いと、虎と猫の違いについて議論をかわしていて、桃太郎はそれをそばで聞きながら、

——やっぱり北斎は凄い。

と、感心していた。

そのとき、おれんがそばに来て、

「ねえ、愛坂さま。あたし、神さまか、仏さまと会えたかもしれない」

と、つぶやくように言ったのである。

「え？　どこで？」

桃太郎は思わず訊いた。

「幽霊を待っていたら、それが現われたの」

「……」

ああ、あれのことかと、桃太郎は思った。

「いままで、いろんな仏さまとか神さまの像を見てきたけど、あれらは皆、嘘ですね」

「そうなのかい」

「仏さまや、神さまは、想像を超えるお姿をしてるわよ」

「ほう」

「でも、たぶん、本当のことはわからないのね。死んだあとのことも、神さまのことも、仏さまのことも」

「うむ。少なくともわしにはわからんな」

「じつは、あたし、死んだらどうなるかを考えると、もう怖くて怖くて、夜中に叫んだりしていたの」

「ほう、女将さんがな」

「それで、ついには幽霊でもいいから、死んだらなにもないわけじゃないことを教えてって、そんな気持ちにまでなっていたの」

「幽霊にかい」

「そしたら、ついにあたしの前に現われたのよ」

「幽霊が？」

「幽霊じゃない。もっと、わけのわからないもの」

「わけがわからない？」

「そう。それをじいっと眺めているうちに、ハッと悟ったの。死んだ先は、誰にもわからないんだって」

「そりゃそうだわな」

なにか飛躍しているみたいだが、女将はそんな実感を抱いたのだろう。

「それで、あたしはもう、死んだあとのことなんて考えないことにしたの。だって、わかるわけないこと考えてもしょうがないもの」

「まったく同感だね」

「だから、愛坂さまには、小さな謎解きはお願いするだろうけど、大きな謎解きはお願いしないことにした」

「それは、わしも助かるよ」

桃太郎は安心して、うまい酒をきゅっとあおった。

それから聞けば伴蔵は、上方《かみがた》のほうで商いをするのが夢だというので、それなりの元手を与えて行かせてやったのだという。どおりで店に姿がないはずだった。

もちろん桃太郎は、仏壇に奇妙な泥人形が現われたことなど、なにも知らないのである。

八

桃太郎が、銀座のおれんから大いなる謎を諦めた話を聞く、その八日ほど前のことである。

夕方、外からもどって来ると、家の前に数人の人影があるではないか。

——ん？

闇に目を凝らすと、手前にいたのは、女武会の高村、音田、浜野の三人ではないか。疲れたときには、いちばん会いたくない連中である。

その向こうでは、珠子が硬い顔で桃子を抱いていた。

「もう一度、愛坂さまの家を見せて欲しいとおっしゃって。でも、おじじさまの許しを得ないと見せられないと申し上げたのですが」

珠子がそう言うと、

「これは、殺しの下手人を見つけるために必要なことなの」

音田の新造が叱りつけるように言った。

「それでも、いまは貸した家ですから、あたしの一存では」

「あなた、それでも同心の妻？」

桃太郎は呆れながら、

「おいおい、なにを頓珍漢《とんちんかん》なことを言っているのだ。それは、珠子の言うのが正しいし、常識というものだろうが」

と、割って入った。

「わたしたちは、下手人まで、あと一歩のところまで来たのですよ」

自信たっぷりに音田の新造が言うと、

「最後の確認をしたいのです」

と、浜野の新造が言った。

「ほう。では、わしが部屋を見せれば、その下手人を教えてもらえるのかな？」

「それは……」

「教えないというのは、おかしな話だな。そなたたちこそ、町方の夫を持つ奥方にご新造たちなのであろう。それが、この殺しの調べを担当している雨宮に教えないなどということが、あっていいものなのかな？」

　桃太郎は責めるように言った。

　この反論に、女たちもたじろいだ。

「どういたす？」

　桃太郎は詰め寄った。

「それでは、勝負しましょうか？」

　そう言ったのは、高村の妻女である。

「勝負？」

「わたしたち三人と、道場で立ち合い、愛坂さまが三人に負けたら、この家を見せてくださる。逆に、愛坂さまが勝ったら、わたしたちがほぼ突きとめた下手人の名をお教えしましょう。立ち合うのは、わたしたちは薙刀《なぎなた》、もちろん木製です。愛坂さまは木刀ということで」

「それは一対三……ということか？」

「だって、男と女の対決ですもの」

高村の妻女は急にしなをつくって言った。

「ううむ、それは……」

女たちの腕は、この目で見ている。強さは本物なのだ。

負ければ相当みっともないことになる。

「どうです？　お受けできませんか？」

「気は進まぬが、仕方がない。受けよう」

「では、明日の朝五つ（八時）。われらが道場にてお待ちいたします」

高村の妻女が、甲高い声で言った。

この作品は双葉文庫のために書き下ろされました。

双葉文庫

か-29-62

わるじい義剣帖《ぎけんちょう》（三）

うらめしや

2024年7月13日　第1刷発行

【著者】

風野真知雄《かぜのまちお》

©Machio Kazeno 2024

【発行者】

箕浦克史

【発行所】

株式会社双葉社

〒162-8540 東京都新宿区東五軒町3番28号

［電話］03-5261-4818(営業部)　03-5261-4831(編集部)

www.futabasha.co.jp(双葉社の書籍・コミックが買えます)

【印刷所】

中央精版印刷株式会社

【製本所】

中央精版印刷株式会社

【フォーマット・デザイン】

日下潤一

ISBN978-4-575-67202-2 C0193

Printed in Japan

井原忠政
足軽仁義
三河雑兵心得
戦国時代小説
〈書き下ろし〉

苦労人、家康の天下統一の陰で、もっと苦労した男たちがいた！　村を飛び出した十七歳の茂兵衛は松平家康に仕えることになるが……。

井原忠政
旗指足軽仁義
三河雑兵心得
戦国時代小説
〈書き下ろし〉

三河を平定し、戦国大名としての地歩を固めた家康。猛将・本多忠勝の麾下で修羅場をくぐる茂兵衛は武士として成長していく。

井原忠政
足軽小頭仁義
三河雑兵心得
戦国時代小説
〈書き下ろし〉

迫りくる武田信玄との戦い。家康生涯最大のピンチ、三方ヶ原の戦いが幕を開ける。怯むな茂兵衛、ここが正念場！　シリーズ第三弾。

井原忠政
弓組寄騎仁義
三河雑兵心得
戦国時代小説
〈書き下ろし〉

大敗から一年、再び武田が攻めてきた。決戦の地は長篠。ついに、最強の敵と雌雄を決する時が迫る。それ行け茂兵衛、武田へ倍返しだ！

井原忠政
砦番仁義
三河雑兵心得
戦国時代小説
〈書き下ろし〉

武田軍の補給路の寸断を命じられた茂兵衛は、森に籠って荷駄隊への襲撃を指揮することに。戦国足軽出世物語、第五弾！

井原忠政
鉄砲大将仁義
三河雑兵心得
戦国時代小説
〈書き下ろし〉

信長の号令一下、甲州征伐が始まった。徳川に寝返った穴山梅雪の妻子を脱出させるため、茂兵衛は武田の本国・甲斐に潜入するが……。

井原忠政
伊賀越仁義
三河雑兵心得
戦国時代小説
〈書き下ろし〉

信長、本能寺に死す！　敵中突破をはかる家康一行の殿軍についた茂兵衛、伊賀路を越えられるのか!?　大人気シリーズ第七弾！

井原忠政

三河雑兵心得

小牧長久手仁義

戦国時代小説〈書き下ろし〉

秀吉との対決へ気勢を上げる家臣団に頭を悩ませる家康。信長なき世をめぐり事態は風雲急を告げ、茂兵衛たちは新たな戦いに身を投じる！

井原忠政

三河雑兵心得

上田合戦仁義

戦国時代小説〈書き下ろし〉

沼田領の帰属を巡って、真田昌幸が徳川に反旗を翻した。たかが小勢力と侮った徳川勢は、昌幸の奸計に陥り、壊滅的な敗北を喫し……。

井原忠政

三河雑兵心得

馬廻役仁義

戦国時代小説〈書き下ろし〉

真田に大敗した戦で戦場に消えた茂兵衛。「茂兵衛、討死」の報に徳川は大いに動揺する。だが、ところがどっこい、茂兵衛は生きていた！

井原忠政

三河雑兵心得

百人組頭仁義

戦国時代小説〈書き下ろし〉

家康の養女として本多平八郎の娘が、真田昌幸の嫡男に嫁すことに。茂兵衛は「真田嫌い」の平八郎の懐柔を命じられるが……。

井原忠政

三河雑兵心得

小田原仁義

戦国時代小説〈書き下ろし〉

いよいよ北条征伐が始まった。茂兵衛率いる鉄砲百人組は北条流の築城術に苦しめられながらも、知恵と根性をふり絞って少しずつ前進する。

井原忠政

三河雑兵心得

奥州仁義

戦国時代小説〈書き下ろし〉

槌音響く江戸から遠く離れ、奥州での乱の平定に出陣することになった茂兵衛。だが、家康からまたまた無理難題を命じられしまう。

井原忠政

三河雑兵心得

豊臣仁義

戦国時代小説〈書き下ろし〉

家康と茂兵衛の元に、小田原の大久保忠世が危篤との報せが入る。今生の別れを告げるため、急ぐ茂兵衛だが、途上、何者かの襲撃を受ける。

風野真知雄　わるじい義剣帖（一）　長編時代小説
またですか　〈書き下ろし〉

離れ離れになってしまった愛孫の桃子の身に、危難の気配ありとの報せが。じいじはまだまだ休んでおれぬ！　大人気シリーズ待望の再始動！

風野真知雄　わるじい義剣帖（二）　長編時代小説
ふしぎだな　〈書き下ろし〉

愛孫の桃子が流行り風邪にかかってしまった！　さらに、慌てて探して診てもらった医者はなにやら怪しく……。大人気時代シリーズ、第二弾！

風野真知雄　若さま同心　徳川竜之助【一】　長編時代小説
消えた十手

徳川家の異端児　同心になって江戸を駆ける！　剣戟あり、人情あり、ユーモアもたっぷりの傑作時代小説シリーズ、装いも新たに登場!!

風野真知雄　若さま同心　徳川竜之助【二】　長編時代小説
風鳴の剣

憧れの同心見習いとなって充実した日々を送る竜之助の身に、肥後新陰流を操る凄腕の刺客たちの影が迫りくる！　傑作シリーズ第二弾！

風野真知雄　若さま同心　徳川竜之助【三】　長編時代小説
空飛ぶ岩

徳川竜之助を打ち破り新陰流の正統を証明せんと、稀代の天才と称される刺客が柳生の里からやってきた。傑作シリーズ新装版、第三弾！

風野真知雄　若さま同心　徳川竜之助【四】　長編時代小説
陽炎の刃

珍事件解決に奔走する竜之介に迫る、姿の見えぬ刺客。葵新陰流の刃は捉えることができるのか⁉　傑作シリーズ新装版、待望の第四弾！

風野真知雄　若さま同心　徳川竜之助【五】　長編時代小説
秘剣封印

因縁の敵、柳生全九郎とふたたび対峙し、徳川竜之助の葵新陰流の剣が更なる進化を遂げる！　傑作シリーズ新装版、第五弾！

風野真知雄　若さま同心　徳川竜之助【六】　長編時代小説
飛燕《つばくろ》十手
江戸の町を騒がせる健脚の火付け盗人の噂。徳川竜之助は事件の不可解な点に気づき、調べを始めるが……。傑作シリーズ新装版、第六弾！

風野真知雄　若さま同心　徳川竜之助【七】　長編時代小説
卑怯三刀流
徳川竜之助に迫る三刀を差す北辰一刀流の遣い手。さらに時を同じくして奇妙な辻斬りが出没し……。傑作時代小説シリーズ新装版、第七弾！

風野真知雄　若さま同心　徳川竜之助【八】　長編時代小説
幽霊剣士
葵新陰流を打ち破るべく現れた、幽鬼の如き剣士。不可視の剣の謎を解き新たな刺客を打ち破れ！　傑作時代小説シリーズ新装版、第八弾！

風野真知雄　若さま同心　徳川竜之助【九】　長編時代小説
弥勒の手
葵新陰流の継承者と、柳生新陰流が生んだ異端児。宿命の2人に遂に決着の時が訪れる！　傑作時代小説シリーズ新装版、驚愕の第九弾！

風野真知雄　若さま同心　徳川竜之助【十】　長編時代小説
風神雷神
死闘の果てに、深手を負ってしまった徳川竜之助。しかし、江戸の町では奇妙な事件が絶えず……。傑作時代小説シリーズ新装版、第十弾！

風野真知雄　若さま同心　徳川竜之助【十一】　長編時代小説
片手斬り
宿敵柳生全九郎の死を知った徳川竜之助は、彼が最後に探ろうとした謎について調べをはじめる。傑作時代小説シリーズ新装版、第十一弾！

風野真知雄　若さま同心　徳川竜之助【十二】　長編時代小説
双竜伝説
師である柳生清四郎との立ち合いを終えた徳川竜之助の前に新たな刺客が現れる！　傑作時代小説シリーズ新装版、物語も佳境の第十二弾！

金子成人
ゆく年に
ごんげん長屋つれづれ帖【二】長編時代小説〈書き下ろし〉

長屋の住人で、身重のおたかが倒れてしまった。周囲の世話でなんとか快方に向かうが、亭主の国松は意外な決断を下す。落涙必至の第二弾！

金子成人
望郷の譜《ふ》
ごんげん長屋つれづれ帖【三】長編時代小説〈書き下ろし〉

長屋の住人たちを温かく見守る彦次郎とおよしの夫婦。穏やかな笑顔の裏には、哀しい過去が秘められていた。傑作人情シリーズ第三弾！

金子成人
迎《むか》え提灯《ちょうちん》
ごんげん長屋つれづれ帖【四】長編時代小説〈書き下ろし〉

お勝の下の娘お妙は、旗本の姫様だった!? 我が子に持ち上がった思いもよらぬ話に、お勝の心はかき乱されて——。人気シリーズ第四弾！

金子成人
池畔《ちはん》の子
ごんげん長屋つれづれ帖【五】長編時代小説〈書き下ろし〉

お勝たちの向かいに住まう青物売りのお六の、とある奇妙な行為。その裏には、お六の背負う哀しい真実があった。大人気シリーズ第五弾！

金子成人
菩薩《ぼさつ》の顔
ごんげん長屋つれづれ帖【六】長編時代小説〈書き下ろし〉

二十六夜待ちの夜空に現れた、勢至菩薩様のお姿。ありがたい出来事の陰には、遠き日の悲しい恋の物語があった。大人気シリーズ第六弾！

金子成人
ゆめのはなし
ごんげん長屋つれづれ帖【七】長編時代小説〈書き下ろし〉

貸本屋の与之吉が貸していた本に記された『たすけて』の文字。この出来事が、思わぬ出会いを運んできて——。大人気シリーズ第七弾！

金子成人
初春《はつはる》の客
ごんげん長屋つれづれ帖【八】長編時代小説〈書き下ろし〉

行き倒れの若い女がうわ言で口にした、お勝の娘のお琴への詫びの言葉。詳しい事情を質すべく、お勝は女のもとへ向かうのだが——。